U0131411

世界文學6

黑暗之心

Heart of Darkness

康拉德◇著
Joseph Conrad

陳蒼多◇譯

黑暗之心

Heart of Darkness

康拉德

Joseph Conrad

著

陳蒼多 譯

{ 約瑟夫・康拉德的生平 與《黑暗之心》}

1

英國小說家約瑟夫・康拉德雖然已經逝世三十六年，但他的聲譽不但沒有衰落，反而與日俱增，他的文學方面的影響也愈來愈大，研究康拉德的文章與專書也愈來愈多。康拉德原是波蘭人，後來歸化英國。不過他對祖國的懷戀終生未衰。這篇文章的作者米羅茲（Czeslaw Milosz）也是波蘭人，是當代波蘭最著名的流亡作家，現住巴黎。

一位作家的作品可以說像一座冰山。我們能看得見的那小一部分誘使我們去探索隱藏於文字後邊的那一大部分東西。對文學史家而言，這種誘惑是他們的職責所在，因為他們必須研究一位作家的個人生活，個人經驗中重要和錯綜複雜的事件，這些事件影響了他的感性，決定了他的生活的目的。如果一位作家出生於一個不為一般人所了解或了解不完全的國家，這種研究就不是件輕而易舉的事了。約瑟夫・康拉德的情形正是如此，他於一百多年前誕生在波屬烏克蘭。他的人格中有許多盤

格魯薩克遜讀者看來頗為奇異而神祕的因素。但是在他的同胞,在一個熟悉他的青年時代歷史——他改變生活方式而去航海前的那一段歷史——的人看來,就毫無奇異與神祕了。

所有康拉德的傳記通常都說他生在一個貴族的家庭。這會使讀者想像到一個鄉村別墅,馬、狗和某些貴族生活的特色。實際情形並非如此,雖然他的祖父是拿破崙麾下的一位軍官和舊式的族長,的確可以歸納於傳統的貴族階級中。但對康拉德個人生活更適切的一個事實,是他父親阿波羅·唐吉尼奧斯基是位窮詩人。他在波蘭文學史上占有相當重要的地位,他的詩劇一直到今天還在波蘭演出。康拉德的舅父包勃羅斯基也是位文人,是十九世紀一部最有趣的回憶錄的作者。這位未來的英國小說家的生長環境是個文學的環境。

一八五六年,阿波羅·唐吉尼奧斯基生了個兒子,他給他起了個名字叫約瑟夫·狄奧多·康拉德。任何波蘭人對「康拉德」這個名字的象徵意義都很清楚,它象徵抵抗俄國的戰士。要想了解它如何得到了這樣的意義,我們必須了解亞當·米茲開維支(波蘭大詩人,與普希金同時)的詩,他的詩每個波蘭人都能背誦出來。他最著名的詩中有一首是〈康拉德·華林洛德〉,在這首詩裡,他把波蘭人的愛國精神和反抗俄國的情緒蒙上了一層層薄薄的偽裝,以騙過沙皇的檢查(一八二四年,他被送往俄國,因為沙皇懷疑他有革命行動),他

用一個有歷史意義的史詩來偽裝它，他回溯到中世紀的日耳曼條頓武士團同異教徒立陶宛人之戰爭。康拉德是個皈依基督教的異教徒，升為武士團的領袖，故意把武士團的部隊領進一個陷阱中，來為他受盡苦難的同胞復仇。他的復仇是經由一種可怕的欺詐，但這是被壓迫者的唯一武器。

這樣，約瑟夫·康拉德從嬰兒時期就有一個浸漬於波蘭傳統中的名字。他出版第一本書時只寫「康拉德」而略去了他的姓，因為他認為這個姓對盎格魯薩克遜讀者太難念，一方面他也知道康拉德這個名字的含意。

康拉德誕生在克里米亞戰爭剛剛結束後的第一年，那個戰爭動搖了俄國的國本，給波蘭人一種希望，覺得從沙皇鐵蹄下獲得自由的日子已經不遠了。康拉德的父親認為寫詩並無助於波蘭獨立，他投筆而從事革命活動，成為一個「叛徒」，一八六一年，他成為華沙祕密革命委員會的委員。

那一年，他父親被捕是件極重要的事，因為對青年康拉德的發展有決定性的影響。在五歲到十歲這段最易受感動的年齡（一個人的個性正在凝固的年齡），他發覺自己是位政治犯的兒子。父親先在華沙城堡中被關了幾個月，在這兒，沙皇的鷹犬們迫他說出他的同志們的名字。失敗之後，他們把他判處放逐俄國北部。他的妻子和小康拉德陪他同行。坐著馬車，在武裝兵士的監護下，這段東行的旅程是既長且痛苦的，他們快到莫斯科

時，小康拉德患了重病。

我們知道，一個孩子對於大人遭遇的不平凡事件特別敏感，而他對這事件的意義又不能明瞭。在這冰天雪地的北方，要想掩飾這一家人所遭遇的不幸更格外困難。幾個月過去了，在這段時間，父親和母親間的偉大愛情染上一種無可奈何的絕望，他們被放逐於瓦洛達，這地方的氣候漸漸毀掉了伊芙林娜‧唐吉尼奧斯基的健康。「瓦洛達，」她的丈夫在一封給友人的信中提到，「是一大片沼澤之地，長有三公里，上面是交錯的木頭鋪成的小路。一年可以分為兩季：炎熱的夏天和碧綠的冬天，炎熱的夏天長有九個半月，碧綠的冬天有兩個半月。」季節轉移，母親、父親和兒子也在毫無一絲希望和令人絕望的希望之間擺盪——他們請求沙皇把他們改放逐到一個天氣比較不太惡劣的地方，甚至希望沙皇可能答應他們的請求。這請求最後送到沙皇的政府，允許他們往南移，到俄屬烏克蘭的一個名叫車尼戈夫的小城。但時間太晚，已經不能挽救病重的伊芙林娜了，一八六五年她與世長辭，小康拉德才八歲。

妻子逝世後，唐吉尼奧斯基變得更為孤獨，他現在背負著雙重悲傷。因為在他失掉可愛的妻子之前，就已經看到他曾為之獻身的革命受到致命打擊。在一八六三年，醞釀已久的背叛終於在波蘭爆發，且被俄國人殘酷地消滅。受到這雙重打擊之後，阿波羅‧唐吉尼奧斯基想強使自己心情平靜下來，對於一位天性熱情的詩人而

言，這不是一件容易事。在這種情況下，他的兒子也不可能經歷到對於一個孩子甚為重要的快樂童年。這個孩子唯一能逃脫憂鬱的時刻是在夏季，他可以同親戚們到烏克蘭的鄉村中去旅行，因為這孩子不是囚徒。但冬季是長的，是淒涼的，晚上，康拉德的唯一伴侶是他的父親，父親坐在油燈下，以潦草的有稜有角的字一頁一頁地寫個不停。甚至就在這時候，所有他的希望都被摧毀，這位不屈的被俘者仍繼續對沙皇制度孤軍奮戰。

在長長的冬夜油燈下的產品，有篇論文叫做〈波蘭與俄國〉。阿波羅・唐吉尼奧斯基設法偷運到外國，發表在波蘭移民在萊比錫辦的《祖國》報上，他並沒有署名。正如我們所能想像到的，這篇文章控告俄國人的「野蠻」，這種野蠻由「寒海伸延到黑海，由維斯杜拉河伸延到太平洋」，它有無數陰森森的預兆。「這就是俄羅斯的情形，」有一段說：「由於害怕她自己的毀滅，就被迫向外侵略。雖然歐洲在短時期還不會受到這種侵略，到那侵略來臨之時，歐洲就無法躲避了；那時俄國會選擇她行動的時間。歐洲的力量便會被剝奪一半。」

在這些年代裡，康拉德的父親是他的主要教師，他們被放逐到外鄉，生活在處處受壓制的環境裡，必然會加強父子間的關係。由他父親信裡，我們知道他早年教育的內容。（「我盡我的所能教育他，不幸這是不夠的。我保護他，不使他受到這兒的氣氛的薰染。這孩子好像是在一個修道院的小室中生長。」）但我們可以有

相當把握地假定：康拉德從他父親那裡，從他少年時代不幸的生活環境中得到了對俄國的根深柢固的憎惡，和他對於生活的悲觀看法，在他後期作品中，這種態度是極明顯的。

約瑟夫・康拉德憎恨俄國的情緒是人人皆知的，不必在這兒予以強調了。美國的文學批評家 H. L. 門肯在一篇文章裡說，他在康拉德的小說中發現了典型的斯拉夫氣質，康拉德對之非常生氣。他說波蘭人和斯拉夫人的不同，不僅是波蘭人恨俄國人，也是因為這兩個民族的特性水火不相容。他又說他只讀過幾本俄國小說——讀的還是譯本，並且強調說：「他們的心性和感情永遠使我憎惡，這是由於遺傳的傾向和我個人氣質的關係。」

阿波羅・唐吉尼奧斯基對於兒子的影響不僅限於政治方面。這位父親的作品中有一種顯著的特質，即對人性的基本懷疑。他的心頭永遠籠罩著一種陰沉沉的思想，他看到一種咄咄逼人的力量從原始的混亂冉冉升起，它掩住並且要推翻文明人。他對俄國的恐懼是一種對於醜惡的原始力量的恐懼，因為這種力量是道德慣例不能拘束的，不能處置的。在這裡，我們可以清楚地看到這種信仰從父親的論文中繼續擴延到兒子的小說裡。康拉德的《祕探》和《在西方人的觀察下》裡，無論沙皇的官員，或無政府主義者，或虛無主義者，都不承認這個單純的規則，即「一個人不做那種事」。

在《黑暗之心》裡，販賣象牙的商人克爾茲（即庫茲——譯者）屈服於非洲的紊亂，道德破裂，當他公然宣布白人的文明使命時，參加了對於土人的大屠殺。這種認為人在一層薄薄的文明面罩下被其所傷毀的感情，也為湯瑪斯・曼所共有，所以曼認為康拉德是二十世紀一位真正的前驅作家。

妻子死後，阿波羅・唐吉尼奧斯基知道他也不會活得長久了，因為他患有肺病。他在信中透露出他對他的獨生子感到的焦慮不安，因為不久這孩子就在世界上成為一個孤苦的人了。「我的健康日衰，只有我這個可愛的孩子照顧我，」他在一封給朋友的信裡說：「如果我能看到康拉德回到祖國的土地上，同好人生活在一起，能把這個活的身體和覺醒的靈魂送回到我們的社會上，我就不希望其他更多的東西了。至於我自己，我只希望腳踏祖國故土，呼吸故國的空氣，望著我所愛的人們，高聲呼喚：『主啊，讓您的忠僕在寧靜中離開。』」

因為親戚們的努力奔走和他的嚴重肺病，最後他獲得釋放。一八六七年他取得從俄國到瑪德利拉（Madeira）的旅行護照。他帶著兒子，跨過邊境，到了奧匈帝國境內。在這兒，他竟放棄了旅行計畫，主要是因為他沒有旅費，但也是因為他對卡利沙（講波蘭語的一省，曾併入哈布斯堡帝國，The Hapsburg Empire）地方的波蘭文學運動發生了濃厚興趣。父子二人先安頓在勒服夫（Lwow，即勒謨堡Lemberg），後來又移居

克拉科（Cracow）。跨過俄羅斯帝國邊境後兩年，阿波羅·唐吉尼奧斯基逝世。所有克拉科的居民都參加了葬禮。這位老革命家接受了一種英雄的葬禮，送殯的老百姓把這葬禮行列變成了一個愛國的示威運動。

父親死後，康拉德成為孤兒，那時他才十二歲。此後他的保護人是他舅父包勃羅斯基，康拉德發現他掙扎於兩種影響之間。他的舅父同他父親完全相反，他不斷地努力壓制康拉德所繼承的一切「較壞」的性格，這種壓制有時是不快意的，康拉德的傳記作者絕不能低估這種精神上的衝突，因為這位舅父對外甥的影響持續很久，康拉德在英國船上航海時，這種影響還在持續著。

包勃羅斯基的回憶錄顯示出他是一個有堅強信仰的聰明學者。這位自由主義的保守派是位有譏諷感的現實主義者。他對革命的「夢想」採取敵視態度，他斥責國人的公開反抗沙皇主義，促使他們採取一條漸進的道路，希望能在俄羅斯帝國內得到某種程度的自治。他認為唐吉尼奧斯基家的人都是冒險家和經濟上的失敗者。他認為阿波羅同他的兩兄弟一樣，染有這一家族的瑕疵（他們都喜歡酗酒與賭博），只是因為阿波羅是位詩人。更糟的是，唐吉尼奧斯基三兄弟都參加了革命運動，都成為革命的犧牲者。他們之中一位死於戰場，一位死於西伯利亞，一位在放逐中染上肺病。包勃羅斯基認為這是對夢幻家的懲罰。因此，從這孩子的精神中剔除這種有毒的遺傳氣質，就成為必要。

這位嚴肅而克己的舅父曾以幾年的時光不停地寫一個備忘錄，叫做「給我的親愛的外甥康拉德・唐吉尼奧斯基讀」。這一紀錄中大半都是數目字，從唐吉尼奧斯基家的紀錄中抽選出來的帳目——這些數目字是為了給唐吉尼奧斯基家族的最後一朵花注入一種印象，使他了解這一家族的罪，警告他不可浪費，給他健全公正的忠告。

舅父與父親的兩種強有力的人格衝突，對於解釋何以康拉德的性格中有那些矛盾，是有很大幫助的，這些矛盾可以稱之為反浪漫主義，他把波蘭人的愛國精神以及對波蘭革命的懷疑態度奇異地結合一起，他愛冒險同時又有自律克己的修養。

舅父的焦慮不安並非無緣由的。康拉德早年在父親管教下讀書，沒有同年紀的伴侶，以及家庭的悲慘情況，養成了他愛孤獨的習慣，對於一個「社會中有用分子」而言，這種習慣是不好的。這孩子被允許閱讀所有他能夠得到的書，所以他大量閱讀波蘭浪漫詩人的詩、雨果的小說，和莎士比亞的劇本的譯本，據說他十一歲就寫劇本，在大人協助下演出。但他對於學校中任何規則都不願遵守，對功課也不熱心。他的親戚叫他是「逃避者」。

這位年輕的自我主義者的早熟使得他周圍的人們都很不高興——他從來不掩飾對這些人的輕視。他的一些傳記作者說他在克拉科念完了八年的中學，另外一些事

實則證明他並沒有受這麼多的教育——當時一個知識分子必須受過這些教育才算夠格。他的一位表姊曾有如下的記載，說明她對他的印象：「在知識方面是很豐富的；他痛恨學校的一切規則，這些規則使他痛苦，使他厭倦。他常常說他有很高的智慧，他要成為一位偉大作家。他這樣自負和他臉上帶出的譏諷表情，時常對別人的批評，使教授們感到驚訝，同伴們故意嘲弄他。在任何方面他都不約束自己。在家裡，在學校，在別人家作客，他都懶洋洋地半躺半臥。」如果他得到了一些必要的知識，那主要是由於他就己之所好而讀的那些書和他的私人教師——克拉科的一位醫學院的學生，叫做亞當・波爾曼。十六歲的時候，他和波爾曼到西歐旅行，在瑞士漫遊三個月。

不只是康拉德的名譽，還有他的作品中的嚴格的聲音——一種道德的聲音，對於他那些克拉科的舊識，一定是一種驚訝。某些人所經歷的那些變化，對於在生活上太接近他們的人，是不易被了解的，因為他們有一種傾向，就是把這些性格中的特徵視為一種固定不變的化學合成物。但這些相同的人格因素也會重新組合，不斷地變成新的結合物。這種變化所需的是經驗，這些經驗能摧毀一個定型，準備一個新的綜合。康拉德的這種經驗就是他在英國海軍中的長期服役。

這位對人淡漠的青年宣稱他將成為一位偉大作家時，他的親戚們認為這只不過是另一種虛榮的證明而

已。當他說他要成為一位水手時，他們也是姑妄聽之，正如聽一個孩子說他要當消防隊員和火車司機一樣。在一個大陸國家，當水手只是一種妄想，他的倔強使他的親戚們擔心。

康拉德的醉心於海，曾使一些文學史家吵鬧不休。他們曾想，康拉德的愛海可能是由於讀雨果的《海上的艱苦工作者》的刺激，他在兒童時代讀過這本書，或是俄國海港奧德薩在他的心靈上留下了深刻的印象，他曾和舅父來這兒度過假。也有人想，他做水手的夢想也許是由於他要逃開波蘭這一陷阱的希望。所有這些都是揣測。康拉德是位極聰明的人，他在自己的感情與出版的作品之間放了一個過濾器，他的作品似乎毫無「誠實」，我們只能間接地從他的感情中辨識出一種縈繞心頭而不去的概念。在他的作品中，有好幾個人物似乎是大陸反叛者的化身──那些大無畏的心底純潔的武士偽裝成馬來西亞的酋長或船長，好像要解釋一句格言：「生存於藝術中者必在實際生活中死亡。」

他的親戚們既然對航海懷有敵視之意，為什麼最後又屈服於這位少年的固執呢？也許他們覺得同他理論幾乎是不可能的。但他們找到一個折衷的解決辦法：他們在談論著把他送到普拉地方的哈布斯堡海軍學校。這一計畫是不可能的，因為他不是奧國公民。雖然住在克拉科，這孩子登記為俄國公民。直到現在還不為人所知的一段傳記（一九五六年在波蘭印行）的材料，可以證明

他舅父改了態度。這個已經給他添了不少麻煩的孩子又和表妹苔克拉・梭羅芝斯卡搞戀愛，弄得亂七八糟。把他盡可能送到遙遠的地方去，實為安全之策。希望他能荒唐一陣子，然後帶著懺悔的心回來。他舅父答應每年給他兩千法郎，那時這已是一筆不小的數目了，這位冒險家便於一八七四年十月二十六日啟程去馬賽。

康拉德是位英國作家，波蘭人從來不曾把他同化於波蘭文學中，正如他們不曾把法國詩人阿波林奈爾（Guilanme Apolinaire）算做波蘭詩人，雖然他的真實的姓為康斯托維基（Kostrowicki）。大不列顛經由她的船隻，賜予了這個水手他所缺乏的東西：對於生命鬥爭之理解，和對於人在面對殘酷的大自然之表現的了解。他也學會了英國語言。他說得並不好，一口外國腔，但在寫作中，使他成為文化移植中的罕見現象——那時他已是成人了！

如果那奇異的海洋和他在航海時到過的大洲給他一種原始的想像，如果康拉德開始時就已熟悉了這個較大的世界，我們就容易了解這一現象了。如果他生長在農村，來自農家，他所得到的那些新觀念和新印象就可能以一種新習得的語文立刻雕刻在一片空白的平板上。但康拉德是屬於文學型的。他在書堆裡長大，了解波蘭的詩，他醉心於詩甚於對其他學問的研究。波蘭讀者在讀他的書時，經常聽到一些熟悉的聲音，因而有一種奇異的感覺。某些主題，某些小說中整段的節奏，會使讀者

憶起某些詩句，稍加思索，就會指示這段文字的來源。康拉德把兩種文學和兩種文明很完善地融於一爐了。

康拉德深深醉心於英國語言，從他的措辭中，我們可以推測他發現了一種最適合他的氣質的工具。他以波蘭文字寫給他舅父的信，對於亞非海港的有趣描寫是驚人的。但他舅父要他給波蘭文刊物寫文章的事，則失敗了。很奇怪的，舅父想抵制外甥的疏遠波蘭，在他的辯論中竟把他的父親也抬了出來。在一八六一年寫的一封信中，他說：「因為你沒有忘記波蘭人（願上帝賜福你，我已經為你祝福了），又因為你能寫得很好，我必須把以前說過的話再提一遍：如果你能給在華沙出版的雜誌 Wedrowlec 寫文章，就太好了。我相信每個人對你所寫的東西都會發生極大的興趣。這樣你就可以同你的祖國加強聯繫，這樣做對於你的亡父也是一種孝敬，他想以筆報國，也那樣做了。」

一個移民外國的人為了自衛，常常完全同他的祖國斷絕關係，或者對祖國表示一種友善的謙遜，因之他的成功和被他遺在祖國的同胞所受的苦難成為鮮明對比。在美國的愛爾蘭人、義大利人、波蘭人中不乏這樣的例子。如果在康拉德身上可能發現這種傾向的話，那就說明這問題已經失掉其尖銳性，在分析他的作品時就可以不再注意這一問題。事實上，這件事並不如此單純。我們進一步研究分析他的傳記材料時，會得到一種結論，即一種小心地隱藏起來的叛國心情在他某些作品中是可

辨識出來的——這種感情顯示他已經背叛了他的同胞和他父親為之獻身的正義。波蘭人和俄國人對於文學的看法和西歐不同，他們從傳統上就把文學看作改善社會的武器——這兩個極端不同的國家相同的性質不多，但這是其一，康拉德對於波蘭前途殊少信心，這給了他一種自辯的理由。但無論有多麼充足的藉口，都不能把我們選擇正確的懷疑隔離起來。

康拉德的書使他在外國享盛名之後，他的親戚們把華沙學界對這些作品的批評文章剪寄給他。波蘭的報紙不都是歌頌他的。康拉德對伊麗莎‧奧吉斯克（Eliza Orzeszko）的猛烈攻擊甚為不快。這位婦人——提倡婦女參政者——是位很受尊敬的人道主義的小說家，繼承孔德的傳統（那時孔德被認為是歐洲的先知）。她公開指斥康拉德為叛徒，因為他把天才獻給外國的文學。

分析一本小說中一層一層的意義的過程，是件費心不討好的工作。但康拉德的意義曖昧不明的《吉姆爺》，無疑得到了額外的意義，些批評家所提示的，如果我們能從裡邊看到一種民族忠貞的戲劇。一個水手離開了他的廢船，知道救這船已經無望，這一行動的結果終生追蹤著他。如果我們把這船的名字 Patna 改成 Patria，我們就可以得到多種意義，給他的散文一種神祕的美。即使我們原諒這種對祖國的依戀（只有在中歐和東歐才見得到的那種依戀的程度），這種推究也是危險的像康拉德這樣好隱匿自己情感的作家，是不會鼓勵

這種依戀的表現的。

　　雖然他同一個英國女人結了婚，但他對英國的依附仍是不完整的。在哲西‧康拉德的回憶中，我們可以發現「東歐人」的經常拜訪給她的那種有趣的恐懼，她丈夫的大部分的生活是她不能「介入」的，使她感到懊悔。我們推想，在同她的和他的英國朋友來往時，康拉德一定運用了某種技巧。他對自己不熟知的問題和事物，總是保持沉默。這對他是較好的，因為他之願意長住英國是他個人的選擇。英國和他最討厭的兩個大陸國家——俄國與德國——對立時，他忠心支持英國。雖然他自願做英國人，但他又經常強調他既忠於祖國又忠於英國，表明他並不願放棄這種雙重的忠貞。他的朋友葛蘭姆請他參加一八九九年在倫敦舉行的和平主義者會議時，他的回信中有下面的一句，而且字旁密密加圈：「這會議中會有俄國人參加。不可能！」他又說他不能接受所謂博愛的觀念，這並非因為他認為這種理想不易實現，而是因為宣揚博愛可能減弱「民族情感」，而「我現在的成見就是要保存這種民族情感」。

　　如果我們把「世界主義」這一名詞的真實意義從共產黨的曲解中解放出來，恢復其真義，我們知道它有好的性質，也有壞的性質。康拉德雖然到過很多地方，寫過很多講不同語言的人，但他不是一個世界主義者。他不可能成為世界主義者，因為他需要根。但他知道如何在其雙重忠貞間保持某種程度的平衡。一九〇三年他給

一位波蘭朋友寫信說：「如果你能相信我的，我可以這樣說，在我航行世界的途中，無論在思想上和感情上，我從未離開過我的祖國，我希望波蘭把我當作一個愛國的公民接待我，雖然我已歸化英國。」

二十世紀開始時出版的《黑暗之心》，是一個預言者的高喊，宣布維多利亞的歐洲在它自己改變為狂暴的歐洲時，正趨死亡。第一次世界大戰為一個新時代的開始，它摧毀了許多幻想。康拉德對於無政府狀態的恐懼在這方面發現了憂鬱的肯定。同時這場戰爭又掀起了新的希望，許多自維也納會議後即屈服於強國的國家有了獨立的希望。對於西方協約國的必獲勝利具有極大信心的康拉德，在一九一六年給英國外交部一份備忘錄：「對波蘭問題應注意之事項」。在這備忘錄中，有一個重建獨立波蘭（在協約國保護下）的詳盡計畫，能有出海口。未曾預料到的事件，主要是一九一七年被革命削弱力量的俄國，使他的計畫之實現超過了他的希望。

康拉德於一九二四年逝世，後來他在波蘭激起的變亂中，也擔負著一個並非不重要的角色。在他晚年時，他親自改正他的作品的波蘭譯本。那些翻譯者——最好的一位是他的表姊妹阿尼拉‧莎戈斯卡——對於他們的翻譯工作是很忠實的，波蘭的每個像樣的私人圖書館都藏有他的作品，且以此為榮。但他也和其他著名作家所遭遇的命運一樣，對於他的作品的研究興趣時而盛時而落。直到第二次世界大戰，他的聲譽才算達於頂峰。這

主要是由於政治方面的原因。波蘭的失敗與納粹占領激起了地下運動。波蘭人民引領盼待西方盟國的解放。但國際情勢發展的結果，顯示波蘭只是在納粹德國和蘇俄之間做一選擇而已。這就是說，波蘭人民不是被烤死，就是被煮死，由納粹占領轉入俄國統治，其命運是一樣的。

波蘭人在康拉德的作品中找到對一種絕望的和無代價的英雄主義的支持，他們要效法康拉德創造的人物，這些人物象徵著對一個失敗的運動的忠貞。我們不來評判他們這種結論是否正確。無論如何，俄國紅軍進入波蘭，新的共產黨傀儡政府從事對地下運動的大清肅，黨報指斥康拉德為不道德的作家，是敗壞青年的作家。他們甚至進一步指責康拉德的道德觀只有利於資本家。說他描寫水手忠於他們的船和船長，事實上是符合於船主的利益。

他們又說康拉德是不可救藥地屬於西方文明，西方文明的價值必須被貶低。這些滿腦子黨教條的官僚們了解，康拉德的水手、海盜和士兵們認為最可貴的屬於貴族階級的價值標準和他們的個人完全屈服於國家的信仰是水火不相容的。所以史達林派通過出版業國有化和檢查制度而控制文學市場後，就把康拉德列在黑名單上，甚至在戰爭結束後言論稍稍放鬆一些的幾年中，康拉德的作品仍不能夠印行新版本，不許發售。但奇怪的是，就在這期間（一九四五──一九五五），他父親的劇本卻

准演出，自然，這些劇本均予改編，強調了對貴族的攻擊而減輕了對沙皇政府的反抗。

　　一九五五年康拉德被「解凍」時，波蘭出版家紛紛準備出版他的作品，一位小心的觀察家可能看出一種跡象，即波蘭的「解凍」是一件值得重視的事。因此，由一條奇異的迂迴的路，康拉德實現了他父親給他命名為「康拉德」的心願。這個兒子雖然並沒有要負起毀滅他父親的重責，但他成了自由的戰士，成了反抗獨裁者的勇士！

　　　　　　　　　──選自何欣編譯《歐美文壇雜話》

2

《黑暗之心》一般認為是康拉德的傑作之一——是《空虛人》（Hollow Men，艾略特詩——譯注）題銘的適當來源：「庫茲先生，他死了。」這句話使人想起其緊接著的前後文的特殊性，並且代表《黑暗之心》的力量：

> 他對著一種影像，一種幻景低聲叫著——他兩次叫出來，那種不比呼吸高的叫聲——
>
> 「可怕的東西！可怕的東西！」
>
> 我把燭光吹熄，離開小屋。朝聖者們正在餐廳裡吃飯，我坐在經理對面，他抬起頭對我探詢地瞥了一下，我不去理會他的眼光。他向後躺，神態寧靜，露出他特有的笑容，那笑容封閉了他那沒有表達出的深沉卑鄙。一陣繼續不斷的小蠅擁上燈光、桌布、擁上我們的手及臉。忽然，經理的差童在門口探出傲慢的黑頭，以一種冷酷的輕蔑語調說——
>
> 「庫茲先生——他死了。」
>
> 所有的朝聖者都跑出去看。我坐著不動，繼續吃飯。我相信我是被認為像野獸一樣無情。無論如何，我沒有吃很多飯。那兒有一盞燈——燈光，你不知道嗎——而外面是那樣可怕地，可怕地黑暗。

　　我們可以看出，這段文字的力量來自整個廣大的特殊前後文，前後文在這兒給了其中的要素——朝聖者、經理、經理的差童、情況——以特殊的價值。借用艾略特批評作品的一句話，我們可以說，《黑暗之心》藉「客觀投射」的方法，造成了氣氛的壓服性招喚。航向剛果的細節和情況呈現在我們面前，好像我們自己在進行這趟旅行一樣，並且（這些細節和情況藉一種控制的想像目的而被選為記錄）它們本身具有感情和暗示的特殊性。下面是戰艦向非洲大陸發射子彈的情景：

　　那兒甚至一間棚屋都沒有，而這隻戰艦正在砲轟樹叢。顯然法國人正在那兒進行一次戰爭。戰艦的軍旗像一塊破布似地垂掛著。六吋長砲的砲口突現在低低的砲身上；油污污又黏糊糊的大浪懶懶地把戰艦擁起又落下，搖晃著她脆弱的桅帆。她就位於地球、天空和海水的空白無垠中，令人不能理解，正把砲火射進大陸。「爆！」一聲，六吋的砲放射出去；一撮小火燄衝出去，然後消失了，一小綹白煙不見了，一顆小子彈發出微弱的尖叫——然後再也沒事了。不會再發生什麼事了。在進行的過程中含有一種瘋狂的成分，一種看得到的悲慘滑稽感；船上有一個人認真地告訴我說，有一群土人——他稱他們為敵人——隱藏在看不到的什麼地方，但這並不能驅除這種悲慘滑稽感。

我們把信送到那艘戰艦上（我聽說，在那隻孤獨的戰艦上每天有三個人死於熱病），然後繼續航行。我們到過更多名字滑稽的地方，在這些地方，死亡和貿易的愉快舞蹈在一種安靜和塵世的氣氛中進行，好像是過分炎熱的地下墓穴……

下面是到達公司駐所的描寫：

我看到一個汽鍋在草中滾動，然後發現一條通往小山的路徑。小路繞過大石頭，也繞過一個小型的鐵路車廂，車廂底部朝天，輪子暴露在空中。有一個輪子已掉落了。車廂看來像什麼動物的大屍體一樣。我見到了更多破損的機器，一截生鏽的鐵道。左邊一團樹木形成一處陰影，裡頭似乎有黑色的物體微弱地蠕動著。我眨眨眼，路途可真陡峭。右邊一把號角吹出聲響，我看到黑人跑著。一陣沉重而單調的爆炸聲震動著土地，一縷白煙自岩屋飄來，此外就看不到什麼了，岩石的表面上沒有發生什麼變化。他們正在建築鐵路。岩崖並不阻礙鐵路的建築，但這種無目標的爆炸卻是正在進行中的一切。

我聽到後面一聲輕微的叮噹，於是我轉過頭。六個黑人成一排前進，在路上吃力地走著。他們挺直著身體緩慢地走著，頭上頂著裝滿了泥土的籃子，腳步配合著叮噹聲，黑色的破布繞在腰部周圍，後

面的短布頭像尾巴似地來回晃動著。我可以看到每根肋骨，他們的肢體關節像繩結；每個人頸上都加了一個鐵領，大家都被繫在一條鍊子上，鍊釦在他們之間晃動著，發出有韻律的叮噹聲。崖岸那邊傳來另一陣槍砲聲，使我忽然想起那艘向大陸開火的戰艦。同樣是那種不吉的聲音；但這些人無論怎麼想像也不能稱為敵人。他們被稱為犯人……

這一段是死亡之林：

最後我走到樹下。我的目的是漫步走進陰影休息一會；但我一走進去，就覺得我已走進什麼地獄的陰鬱圈子裡。瀑布在附近，一種不斷、不變、魯莽的衝撞聲音，使沒有生命跡象而看不到一片葉子抖動的叢林悲寂中，充滿一種神祕的聲音──被踐踏的土地上猛烈的步伐好像忽然變得可以聽清楚了。

黑色的形體蹲伏、躺靠、坐在樹林之間，依著樹幹，緊附著土地，半露出來，半隱在暗淡的燈光之內，顯出痛苦、放棄和失望的樣態。岩崖上另一個地雷爆炸，跟著來的是我腳下泥土輕微的震動。工作在進行中。工作，而這兒是一些幫助工作的人退縮其中以待死亡的地方。

他們正慢慢死去──很清楚。他們不是敵人，他們不是罪犯，他們現在不是地球上的生物，他們只

是疾病和飢餓的黑色陰影，迷亂地躺臥在綠色的陰鬱中……這些奄奄一息的形體像空氣那麼自由——幾乎像空氣那麼薄弱。我開始分辨出樹下眼睛的光亮。然後，我眼睛向下一瞥，看到一張臉孔在我附近出現。黑色的骨頭直直地以一面肩膀依靠著樹木，眼皮慢慢抬起，深陷的眼睛向上望著我，巨大而空茫，在眼球深處的一種盲目，白色的光亮慢慢死滅了。

藉著這種逼真而基本的記錄藝術，依據敘述中一個主要人物所看到的事物和經驗的事件，以及與其他人物的特殊接觸和交談，就產生了驚人的不吉和奇異「氣氛」了。一般的貪婪、愚蠢和道德的穢污，看起來像瘋人院裡的行為，與廣大和壓迫人的環境神祕形成對照，依據感情的字眼有力地加以促成。這種卑低的「瘋狂」狀態（我們同時也感到這種狀態是正常而非瘋狂）與年輕的丑角——蘇俄人（一位牧師的兒子……坦波卡政府）——所表現的非常確實的天真形成對照，而得以烘托出來，作者藉著那本托色（或托孫）的《海員要覽》，把這位蘇俄人介紹出來，這本書是傳統、穩健和道德觀念的象徵，是一種不相稱的神祕，遺留在非洲的黑暗中心。

當然，從上面引用的內容可以證明，作者的意見不能說是完全含蓄的。無論如何，意見跟表現的事物不能分開，卻似乎從表現的事物之作用中出現，而成為語氣

的一部分。至少，這是康拉德最美好的藝術。無論如何，在《黑暗之心》裡，有一些地方我們知覺到，意見是一種干涉，更糟的是一種侵犯，常常是一種令人憤怒的侵犯。我們自問：他不是過分刻意於「不可思議」（inscrutable）、「不可懷想」（inconceivable）、「不可言說」（unspeakable）以及那類的字嗎？──然而它們仍然一再發生。下面這樣的句子增加了剛果壓迫性的神祕嗎？

> 那是一種難和解的力量之沉寂，在沉思著一種不可思議的意向。

他用同樣的字彙，他堅持用同樣的形容詞來描寫「不可表現」、「不可理解」的神祕，用來召喚人性的深奧及精神的恐怖；用來擴大人類靈魂不可言說的潛力所產生的激奮感。實際的結果不是擴大，而是壓抑。基本的作用是來自那些以具體性喚起的特殊事件、動作和概念的相互作用。正統的意見（似乎是記錄事件的不可避免而即刻的共鳴）在這兒表現出來：

> 然後我粗暴地移動了一下，那消失的籬笆上一根留存的柱子，在我望遠鏡的視覺範圍裡跳躍了一下。你記得我曾告訴你，我在這眺時看到某些裝飾品而驚心動魄，那些裝飾品在這地方殘毀的一面，

看來顯得特別醒目。現在景色忽然更接近了，結果我把頭向後一拋，好像要迴避突來的一擊似的。然後我又以望遠鏡小心地從一根柱子看到另一根柱子，我看出了我的錯誤。這些圓形的結並不是用來裝飾的而是用來象徵的；它們具有深意並且使人迷惑、驚心和不安——假如有人從天空向下看的話，他會看到那是思想需要的食物，也是兀鷹的食物；但無論如何，還是那些足夠辛勤而爬上了柱子的螞蟻們的食物。假如柱子上的人頭其面孔不是轉向屋子的話，會更使人有印象。只有一個（我第一個辨認出的）面孔向著我。我並不如你想的那樣震驚。我之向後退，實在只是一種表示驚奇的動作。我已經期望要在那兒見到一個木球，你知道。我小心地回到我最先遠望的地方——就在那兒，黑色、乾枯、下陷、閉著眼皮的一個人頭，似乎睡在那柱子頂端，皺縮乾枯的嘴唇露出一線狹窄的白齒，正微笑著，正對著永恆睡眠中的無盡而滑稽的夢不斷地微笑著。

我並不是在揭發任何商業祕密。事實上，經理以後說過，庫茲先生的方法已經毀了這個地區。我對那一點沒有意見，但我要你們明白，在這些人頭裡面並沒有什麼真正有利可圖的。他們只是顯示庫茲先生對於各種欲望的滿足缺乏抑制力……他缺少了什麼東西——某種微小的東西在有緊急需要時，不

能從他堂皇流利的言辭裡找得到。我不知道他是否
自己知道這種缺陷。我想他最後是知道了——只不
過那已是最後的時刻了。但荒野已經早就發現了
他，對他怪異的入侵施以可怕的報復。我想荒野曾
經向他低語些他自己莫名其妙的事物，他沒想到這
些事物，一直到他跟這偉大的「孤獨」商量才想到
——而低語顯示其不可抗拒的迷人。低語在他心裡
高聲回響著，因為他的心坎裡是空洞的……我放下
望遠鏡，而那顯得夠近可以與之言談的人頭，似乎
馬上從我眼前跳到不可接近的遠處。

——「這位敬慕庫茲先生的人」，敘述者的同伴，竟是奇
異地穩健而天真的蘇俄人，這是這段文字部分的力量所
在。

藉著這種方法，我們有了一種感覺，感到「孤獨」
和「荒野」使庫茲產生一種怪異的溫室開花狀態，那是
有關柱上人頭的事——一種直接而有意義的瞥視，天真
的蘇俄人的說明，上溯河流時發生的事件，以及記錄下
來的道德和肉體的不相稱；簡言之，是一種能量，產生
於多種非常特殊的召喚。垂死的庫茲偷偷走近，一具骷
髏以四肢爬過長長的草叢，逃向火堆和鼓聲，這是成功
的高潮，暗示奇異和可怕的墮落。但康拉德並不滿足於
這些方法；他感覺到有（或應該有）某種恐怖，某種意
義，他必須表現出來。所以我們看到了對於「不可言說

的禮儀」、「不可言說的祕密」、「怪異的熱情」、「不可懷想的神祕」等等的「形容」性的堅持（比「功德」性的堅持更糟）。縱使那只是一種偶然的辭語使用（就如同《黑暗之心》裡大部分的情形一樣），但仍然會因其有削減語勢的趨向，而令人遺憾。但真正的削減作用簡直是災難。例如下面我們可以看到馬羅處在剛提到的事件危急中：

我試圖破符咒——沉重、啞然的荒野符咒——那荒野符咒似乎藉著被遺忘和蠻野的本能之覺醒，藉著對於滿足和怪異的熱情的記憶，把他驅向它無情的胸膛。光是這種符咒，我相信，就已經驅逐他走向森林的邊緣，走向樹叢，朝向火光、鼓鳴，怪異咒文的單音；光是這種符咒就已經把他不羈的靈魂哄騙過分的野心的境界了。而你沒看到，形勢的恐懼並不是在於頭上被人敲擊——雖然我也生動地知覺到這種危險——而是在於我必須對付一個人，對於這個人，我不能以任何崇高或低下的名義去吸引他。我甚至像黑人一樣，必須求助於他——他自己——他自己的得意而不能相信的墮落。沒有在他之上的東西，也沒有在他之下的東西，我知道。他已把自己踢離了地球。混他的蛋！他已經把地球踢成碎片。他自己孤獨一個人，而我在他面前並不知道我是站在地上或浮在空中。我一直在把我們所說

的話告訴你們——重複我們講出的話語——但這有什麼用？這些話是普通的日常用語——熟悉，模糊的聲音，在每日的生活裡交換使用。但即便又怎麼呢？我認為那些話語之後，具有夢中聽到的字語，或夢魘裡講的話的可怕暗示成分。靈魂！假如有人曾經與靈魂掙扎過的話，我就是那個人。而我也並不是在跟一個瘋人爭論。信不信由你，他的智力是完全地清晰——真的顯示可怕的強度集中在自己身上，然而還顯得清晰；而我唯一的機會就在那兒——當然還有當時當場殺他的機會，而由於不可避免的噪音，當場當時殺他並不是美好的事。但他的靈魂卻瘋狂了。因為獨自在荒野內，靈魂看起來是在自身之內，而天呀！說真的，靈魂已經瘋狂了。我必須——我想是由於我有罪——經歷一種自我省視的艱難任務。沒有什麼辯才會像他最後突然顯出的熱誠那樣減弱一個人對人類的信仰。他已與自己掙扎著，我看到，我聽到。我看到一顆靈魂不可懷想的神祕，那靈魂不知有抑制，不知有信心，不知有懼怕，然而卻盲目地掙扎著。

——康拉德在這兒罪狀很明顯，他借了雜誌作家的藝術（而我們說雜誌作家借吉布林 Kipling 和愛倫坡 Poe 的藝術），為的是為他的讀者和他自己強加一種「意義」，以得到興奮的反應，而這種「意義」只是一種感情，堅持

要「呈現他不能產生的事物」。這種堅持洩漏了「空虛」，洩漏了執意的「強度」、「全無」。他從「不知道他意思何在」的狀態中刻意造出一種美德。他表現一種強制的印象之加深而斷言：模糊和不能認識的事物具有深度和驚人的意義：

> 我一直在把我們所說的話告訴你們——重複我們講出的話語——但這有什麼用呢？這些話是普通的日常用語——熟悉、模糊的聲音，在每日的生活裡交換使用。但那便又怎麼呢？我認為那些話語之後，具有在夢中聽到的字語，或夢魘裡講的話可怕的暗示成分。

——真的，有什麼用呢？假如他不能藉著事件、背景和影像的具體呈現，賦予字語以某種字語自身無法傳達的非凡成分，那麼形容性和感嘆的強調也無法做到。

> 我看到一顆靈魂不可懷想的神祕。

——那當然是一句模稜兩可的陳述。我看到一種神祕，它對我而言是一種神祕狀態；我不能想像那是什麼；假如我在你的驚奇中把這種「無能」認為是「看到一種不可想像的神祕」的一種興奮，那麼我就說明了人性的一種通性。真的，康拉德不必要以這種方式試著把「意義」

注射進他的敘述裡。把他成功而有意義地看到的東西表現出來，就足夠使《黑暗之心》成為一種他所追求的動人展現了。由於他「注射」的企圖，他在敘述庫茲的死亡時，減弱了那高潮性叫聲的效果：

> 他對一種影像，一種幻景低聲叫著──他兩次叫出來，那種不比呼吸高的叫聲──「可怕的東西！可怕的東西！」

──假如康拉德不那麼勉強使勁的話，可能「可怕的東西」裡會有很大的力量。

這部分關於庫茲的最後敘述，跟一種諷刺的語氣結合在一起，是一種堅持的諷刺，領我們走到另一個不高明的場合，即在布魯塞爾與庫茲未婚妻的最後會面：

> 房間似乎變得更黑了，好像陰暗的黃昏的所有憂傷亮光，都躲在她前額裡避難。這頭美麗的秀髮，這副蒼白的臉相，這彎純潔的眉毛。似乎被一圈灰色的輪光所圍，那對黑色的眼睛從那輪光中向外注視著我。眼光的注視顯得端正、深沉、自信，以及信任。她抬著那憂傷的頭，好像為那憂傷感到驕傲，好像她要說，我──只有我自己知道如何去為他哀傷才是他應該值得的。

在這種牽引出女人的場合裡具有諷刺的成分，這並不是康拉德的部分諷刺。諷刺在於：她無辜的高貴，她理想信心的純潔，結合以庫茲不可言喻的腐化；而這種諷刺隨著一種激奮人的堅持而發展（假定「發展」是正確的字語），這種堅持使人回想起愛倫坡的鬧劇性強度：

　　我感到胸膛一陣寒冷的侵襲。「不要，」我以一種壓抑的發聲說。

　　「原諒我。我——我——已在沉默中哀傷這麼久的時間——在沉默中……你跟他在一起——一直到死嗎？我想到他的孤獨。沒人接近他以便像我一樣了解他。可能沒人聽到……」
　　「一直到斷氣，」我戰慄地說。「我聽到他臨終的話語……」我在驚恐中停下來。
　　「把那些話語再講一遍，」她以心碎的語調喃喃地說。「我要——我要——一種東西——一種東西——來——來跟我一起生活。」
　　我正要對著她叫出來，「你沒聽到嗎？」黃昏正在我們四周以一種堅持的低語重複這些話，那低語似乎威脅著要擴大，像一陣颶風的最初低語。「可怕的東西！可怕的東西！」
　　「告訴我他最後的一句話——以伴我一起生活，」她堅持說。「你不知道我愛他——我愛他——我愛

他！」

　我集中精神慢慢地說。

　「他最後說出的一個字是——你的名字。」

　我聽到一聲輕輕的嘆息，然後我的心靜止了下來，我的心忽然被一種狂喜和可怕的叫聲所阻，被那種不可懷想的勝利和不可言喻的痛苦叫聲所阻。「我知道——我確實知道！」……她知道。她確實知道。

——節譯自李維斯《偉大的傳統》

黑暗之心

1

巡邏小帆船「內歷」號隨著錨搖擺著，船帆靜靜地不漂不動，在那兒休憩著。潮已漲過，風幾乎靜下來，小帆船已經駛到河裡，現在只有下錨以及等著潮水的轉變。

泰晤士河流域在我們面前展開，像一條無限的水路源頭，海天在河面上連成一片，看不到接合的痕跡，而在明亮的空間裡，被太陽曬黑的駁船船帆，隨著潮水在起伏著，似乎在豎立著的紅色帆布群裡站立不動，發出油漆精氣的閃光。一團霧靄停棲在茫茫平伸向海洋的低河岸。格雷維伸上方的空氣一片陰沉，而更後面的地方似乎凝縮成一種哀傷的陰鬱狀態，在地球上最巨大最偉大的城市中靜靜地沉思著。

公司的指導員是我們的船長也是我們的主人。他站在船首眺望著海面，我們四個人熱情地注視著他的背部。放眼看去，整個河流上沒有一件東西看起來具有他一半的航海特性，他像一位駕駛員，對於海員來講他是「值得信任」這種美德的化身。我們很難體認到：他的工作並不是在那明亮的河口，而是在他身後的地方，在沉思的幽暗之內。

在我們之間存有海洋的聯繫（我在什麼地方已說過）。這種海洋的聯繫除了把我們長時間分離的心緊繫在一起外，還具有一種效果，那就是使我們忍受彼此所

談的航海奇事——甚至還有彼此相信的效果。律師——我們最好的夥伴——擁有甲板上唯一的坐墊，因為他的年資深並且具有不少美德。他正躺在船上唯一的地氈上。會計師已拿出一盒骨牌，正疊架著，玩弄著。馬羅交叉著腿坐在船後，依靠著後桅。他兩頰下陷，皮膚呈黃色，背部挺直，一副禁欲的神色，兩臂下垂，手掌向外，像一尊偶像。指導員因船已穩下來而感到滿意，所以就走到船後，坐在我們中間。我們懶散地講了幾句話。以後船上就是一片寂靜，為了某種理由，我們並沒有開始玩那種骨牌的遊戲。我們感到需要靜思，感到只適合平靜地注視著。白日呈現一片寂然和精妙的燦亮，在寧靜中漸漸消隱。海水安靜地發著亮光，天空沒有一絲斑紋，是一片無瑕亮光的溫和廣垠；伊色克斯上頭的霧氣像一片羅紗似的燦爛絲織品，掛在種植樹林的高地內陸上，呈現透明的褶襞，覆蓋著低河岸。只有西方的一片陰暗在頂端區域上方凝思著，隨著每分鐘的消失而變得更陰沉，好像因為太陽的接近而激起怒氣似的。

最後太陽不知不覺形成曲線落下，從灼熱的白亮轉變成枯燥的紅色，無光無熱，像是馬上就要熄滅，夕陽被那份籠罩著人群的憂鬱所觸擊而隕滅了。

河水立刻起了變化，寧靜氣氛顯得更淡暗卻更深沉。古老的河流多少年代以來，為沿岸居民默默地服務著，現在是日薄崦嵫的時辰，河流在寬廣河域裡呈現一片沉靜，然後安靜而尊嚴地伸展開來，似那通向地球兩

極的水道。我們不是在逝者如斯的短暫白日的生動輝耀中，而是在永久記憶的莊嚴光亮中，看著可敬的河流。實在說，對於以尊敬之心和感情「追隨海」的人而言，在泰晤士河的低河域喚醒過去的偉大精神是最容易的事了。潮水來回流動，不停地為人們服務著，塞滿了關於人和船的記憶，它把這些人和船帶到根據地的其餘地方或帶到海的戰鬥中。潮水曾經歷過並且服務過國家引以為傲的所有人們，從德拉克爵士到弗蘭克林爵士，都是勇士，有頭銜的、無頭銜的──海上偉大的遊俠騎士。它帶領過所有的船隻，她們的名字像閃耀在夜裡的珠寶，從「金鹿號」數起吧，她的圓形船腹滿載財寶回來，等著皇后參觀，就如此傳為美談，最後數到「厄利柏斯」號和「恐怖」號，她們出發去進行其他的征服任務──而從此就沒同來過。潮水曾經歷船和人。他們曾經航行自德培福德、格林威治、伊雷茲──冒險者和殖民者；國軍的船和交易所人們的船；船長、海軍上將、東方貿易的黑人私商，以及東印度艦隊的委任「將軍」。淘金者和獵名者，他們都從那河流出去，佩著劍，有時帶著火把，他們是陸地裡「力量的信使」，聖火火花的使者。什麼樣的偉大事蹟不曾漂浮在那河流的退潮上，流進一個無知世界的神祕裡！⋯⋯人們的夢境，國家的種子，帝國的胚芽。

　　太陽西下了，黃昏跌落在河流上，燈光開始沿著河岸點亮了。查普曼燈塔，一座矗立在泥灣平臺上的三腳

建築物，射出強烈的燈光。船的亮光在航路裡移動著──燈光上下大規模地騷動著。而在更遠的西方，在上端的河域裡，那怪異城鎮所在的地區，仍然呈露惡兆顯現在天空，陽光中一種凝思的陰鬱，星星下一種蒼白的亮光。

「而這，」馬羅忽然說，「也曾經是地球上的黑暗地方之一。」

他是我們所有的人中唯一「追隨海」的人。關於他，我們能夠說的一句最壞的話是：他不代表他的階級。他是一個海員，但也是一個流浪者，然而大部分的海員卻過著一種坐定的生活（假如我們可以這麼說）。他們的心是屬於「停留在家」的條理井然狀態，而他們的家常常跟他們在一起──船；他們的國家也一樣──海。一隻船常跟另一隻船很相似，而海也常常是相同的。外國的海岸，外國的面孔，以及生活改變的無垠，在他們環境的不變狀況中，溜滑而過，不是被一種神祕感所籠罩，而是被一種具有輕微倨傲成分的無知所遮隱；因為對海員言，除了海洋本身外並沒有其他神祕的東西，海洋是他生活的主人，並且如同命運那樣不可測。至於其餘的，在他工作之餘，偶然一次漫步或痛飲於海岸，就足夠為他揭開整個大陸的祕密，而一般來講，他發覺祕密並不值得去追究。海員的旅談有一種直截了當的單純性，其整個意義存在於一枚破裂的堅果殼內。但馬羅並非典型的（假如我們除去他編織故事的嗜

好），而對於他，一件插曲的意義並不像核仁一樣是在內，而是在外，包圍著那故事，那故事把插曲烘托出來，就像一線光亮烘出一陣朦朧，就像那種霧般的光輪，有時我們藉著月光鬼靈般的亮度可以看到那種光輪。

他講的話似乎並不都使人感到驚奇。馬羅本人就是這樣。大家都默認。甚至沒人費神去哼一聲；他立刻慢條斯理地說：

「我正在想著遠古的時代，那時羅馬人最先到達這兒，一千九百年以前……有一天……以後燈光自河上出現——你說騎士？是的，但那就像平原上飛跑著的火燄，像雲中的一抹閃電。我活在閃光裡——願它在古老地球繼續滾動之年維持下去！但昨天黑暗在這兒出現。想像一位指揮官的感覺吧，他指揮地中海優秀的——你們怎麼稱呼它們呢——三槳戰船，戰船忽然被命令駛到北方去：匆忙地越過陸地，橫掃過高盧人；去指揮由羅馬軍團——羅馬軍團一定也是一群多才多藝的水兵——建造的一艘船舶，這種船顯然一兩個月就建造出成百艘（假如我們可能相信所讀的歷史）。想像他在這兒——世界的盡頭，海的顏色像鉛，天空的顏色像煙，一種像手風琴那樣堅固的船——載著物品或命令或其他的溯河而上。河岸、沼澤、森林、蠻人——極少可吃的東西適合文明人，除了泰晤士河的水可喝外，再也沒有什麼了。這兒沒有法勒尼亞酒，也不能駛向河岸。到處有迷失在

荒野之中的軍篷，像乾草堆中的一根針——冷氣、霧、暴風雨、疾病、放逐和死亡——死亡潛伏在空中，在水中，在樹叢。他們在這兒一定像蒼蠅一樣在死亡。哦，是的——他做了，無疑也做得很好，同時，他並沒有想到此事，可能，除了事後對他那時候所經歷的事誇口一番。他們有足夠勇氣去面對黑暗。假如他在羅馬有好朋友，並且能在可怕的天氣中生存的話，他就會因為期望不久有擢升到拉文那艦隊的機會而顯得精神抖擻了。或者請想像一個穿外袍的高尚年輕人——可能太常下賭注——繼某一位長官或者稅務員或甚至貿易商，來到這兒想發財。在沼澤登陸，大步走過森林，以及在某一個內陸的據點感到野蠻狀態，完全的野蠻狀態，都環繞在他周圍——所有在森林裡、在叢林裡，在野人心中騷動的荒野神祕生活。他不知道如何進入這樣的神祕狀態。他必須生活在不可理解的中心地帶，而這也是令人厭惡的。而這種生活也在他身上發生一種迷人的作用。令人嫌惡的東西所產生的迷人作用——如果你想像到那種在增長的悔恨，逃亡的渴望，無力的厭惡、降服、痛恨，你就會知道。」

他停了下來。

「注意，」他又開始說了，舉起一隻手臂，手掌向外，兩腿在他身前交叉，姿勢就像釋迦牟穿著歐服在傳道而身旁卻沒有蓮花——「注意，我們中間沒有人會有恰如這樣的感覺。解救我們的是效率——對效率的忠誠。

但這些傢伙真的並不重要。他們不是殖民者;他們的行政只是一種壓榨,我想,除此以外再也沒有什麼了。他們是征服者,而征服者只需要野蠻的力量——而當你有了野蠻力量時,卻並沒有什麼可誇口的,因為你的力量只是別人的虛弱所引起的意外事件。他們為了得到他們所要的東西,就去搶奪他們能夠得到的東西。那正是暴力的搶劫,大規模的邪惡謀殺,而人們茫然以赴——好似很適合那些抓住黑暗的人。征服地球的意義幾乎等於是:在膚色與我們不同或者鼻子比我們稍微扁平的人中進行榨取搶奪,如果你對此事探究得太過分,你就發覺這並不是一件體面的事。補救之道只靠觀念而已。背後的一個觀念;不是一種感傷的藉口,而是一個觀念;以及對於觀念的不自私信仰——是某種事體,你可以將之建立,對之膜拜,並且為之犧牲……」

他停下來。火燄在河裡滑過,綠色的小火燄,紅色的火燄,白色的火燄,互相追逐、超越、融合、橫跨——然後緩慢或急速分開。大城市的交通在不眠河流上的深夜裡川流不息地活動著,我們觀望著,耐心地等著——一直到潮水來了為止都沒有其他事可做;但經過一段長長的沉默後,他以一種猶疑的聲音說,「我想你們記得,我有一陣子是內陸河水手。」於是我們知道,我們注定在退潮之前要聽聽馬羅的一次無結局的經驗。

「我不願以個人的事情打擾你們,」他開始說,顯出微弱無力的樣子,他似乎不曾知曉聽眾最喜歡聽什麼

故事;「然而要知道這件事情對我發生的影響,你們卻應該知道,我如何到那兒,看到什麼,我如何逆河而上,到達我第一次見到這個可憐人兒的地方。這次事件是航海最遠的一點,是我經驗的最高舉。此事似乎為我四周的萬物投下一道光亮——並且投進我的思想裡。此事也顯得很陰鬱——並且可憐——無論如何並不非凡——也不很清晰。然而它卻投下一道光亮。」

「你們記得,我那時剛回到倫敦,航行過大部份的印度洋、大西洋、中國海——東方的例行航行——有大約六年的時間,我正到處閒蕩,妨礙你們的工作,侵擾你們的家園,好似我負有神聖使命,要把你們文明化。有段時間還顯得不錯,但過了一陣子後,我對於閒著無事感到厭倦。然後我開始尋找一條船——我應該認為這是世界上最難的工作。但船甚至都不看我一眼。我也厭倦了這種事情。」

「話說我還是個小孩時,對地圖頗為熱中。我會花幾小時的時間看著南美洲,或非洲,或澳大利亞,使自己迷失於探險的光榮裡。那時候地球上有很多空間,而當我在地圖上看到一個特別有吸引力的地方時(但所有的地方看起來都有吸引力),我就會把我的指頭放在上面說,『我長大時一定要到那兒。』北極就是這樣一個地方,我還記得。嗯,我還不曾到那兒呢,現在也不去試了。榮光已遠去。其他地方散布在赤道附近,遍布於兩半球的每條緯線。我到過其中幾個地方,而……嗯,

我們不說那。但還有一個地方——可說是最大、最空曠的地方——我那時很想去。」

「真的，現在它已不是一個空曠的地方了。自我童年時代以來，這個地方就被河流、湖泊和名字填滿了。它已不再是個令人愉快的神祕而空曠的空間了——不再是讓男孩子光榮地夢想著的一塊土地。它已變成一塊黑暗的地方。但裡面特別有一條河流，一條巨大的河流，你可以在地圖上看到，像一條伸展著身體的蟒蛇，頭部在海中，休息的身軀曲折起伏伸延到一個空曠的國家，而尾部則失落在土地的深淵裡。當我在一間商店的櫥窗裡看著地圖上面的『它』時，我被迷住了，就像一條蛇迷住一隻鳥——一隻愚蠢的小鳥。現在我記得在那河流上有家巨大的公司，一間貿易公司。去他的！我自忖著，他們在那樣廣大的淡水河上不用船是無法從事交易的——汽船！為什麼我不想法去擁有一隻呢？我沿著艦隊街走著，但無法抖掉那個想法。那條蛇迷住了我。」

「你知道那是一個大陸的公司，那貿易公司；但我有很多親人住在大陸上，他們說那兒費用便宜並且看來並不邋遢的樣子。」

「我很難過，我得承認我開始麻煩他們了。這對我是一種新鮮的嘗試。你知道我不習慣用那種方式行事。我常常走我自己的路，用自己的腳走到我要去的地方。我自己不會相信；但那時——你知道——我總感到，無論如何我必須到那兒去，所以我麻煩他們。男人說『我親

愛的朋友，』而卻無所作為。然後──你相信嗎？──我試試女人。我，查理‧馬羅，叫女人幫忙──為我找工作。天！嗯，你知道，這個想法驅策著我，我有一個姑母，一個熱心的可人兒。她在信中說：『此事會令人愉快。我準備為你做任何事，任何事。這是一個有聲有色的主意。我在那機構裡認識一個女人，她的丈夫職位很高，也是一個很有影響力的人。』等等，等等。她決定不顧一切麻煩要他們任命我當一艘河流輪船的船長，只要我有這份理想。」

「我被任命──當然，並且很快就被任命了。顯然公司接到消息說，他們的一個船長在與土人的一次爭吵中被殺了。這是我的機會，並且使我更急著要去，經過很多個月之後，我試圖去找回那位船長的屍體留下來的東西，於是我聽說那次爭吵的原因是為了母雞而引起的誤會。是的，是兩隻黑色的母雞。弗雷斯雷文──是那船長的名字，一個丹麥人──認為在交易中受了委屈，所以他就上得岸來，拿著一根木棍把鄉村的酋長痛打一番。哦，聽到這個消息我一點也不驚奇。同時聽說弗雷斯雷文是用兩腿行路的人類之中最溫和、最安靜的一分子，我也同樣不驚奇。無疑的他是如此；但他在那兒從事高尚工作已有二、三年之久，你知道，而最後他可能感到需要以某種方式確定他的自尊。所以，他無情地把那個老黑人著實打一頓，而一大群看著他的人，都嚇呆了，一直到有一個人──據說是酋長的兒子──聽到老人

的喊叫聲,不顧一切用一根長矛射向白人——當然,長矛很容易就射進肩胛骨裡。然後所有人向森林疏散,期望著各種不幸的降臨,而在另一方面,弗雷斯雷文所統領的輪船也很驚慌地離開,我想是由輪機師來代理船長。以後,似乎沒有人去為弗雷斯的遺體費神,一直到我出來接替他的位置。可是我不能讓事情這樣就算了;但當最後我有機會去找前任的船長時,穿過他的肋骨長出的草卻已經高得足夠隱藏起他的屍體了。一切都在那兒。在他倒下去後,超自然的屍體並沒有被人碰過。而鄉村荒廢,茅屋裂開、腐化,一切都在倒塌的圍欄之內零落歪斜。一次災難已經來臨,真的。人群消失了。瘋狂的恐怖把他們驅散了,男人、女人、小孩,穿過叢林,不再回來。母雞結果如何,我也不知道。我認為是進步的因素逼死了牠們。無論如何,在我剛開始希望被任命為船長時,就透過這次壯烈的事件被委任為船長了。」

「我瘋狂地到處跑,整裝待發,不到四十小時的時間,我就橫越過英倫海峽,在我的雇主面前出現且簽起合同來了。幾小時後,我到達一個常常使我想起一座白色墳墓的城市。無疑這是偏見。我毫無困難就找到公司的辦公地方。那辦公地點是城裡最大的一個地方,我碰見的每個人都對這個地方心滿意足。他們就要去經營一個海外帝國,藉著商業交易,賺進無窮的錢幣。」

「深蔭垂蓋的一條狹窄而荒棄的街道,高高的房

子，裝有板簾的無數窗戶，一陣死寂的沉靜，茁壯於石縫間的草兒，左右兩邊堂皇的車路，巨大的雙門沉重地半開著。我溜穿過一個門縫，走上一級打掃過的樸素梯階，像沙漠那樣乾燥，然後打開我所碰到的第一扇門，兩個女人一胖一瘦坐在鋪著乾草的椅子上，打著黑色的毛線，瘦削的那個女人站起來，向我一直走來──仍然低著頭打毛線──而恰在我想到要躲開一位夢遊症者時，她卻靜靜地站住，頭抬起來。她的衣服像傘布那樣平凡，她轉動身體，不說一句話，領我走進一間等候室。我說出自己的名字，四處看了看。中間有牌桌，沿著牆放著普通的椅子，一端掛有一張閃亮的大地圖，用七彩的顏色畫有記號。地圖有大量的紅色──任何時候都顯得好看，因為人們知道有人在那兒從事某種實際的工作，還有很多的藍色，一點綠色，幾抹橘色，以及在『東洋岸』的一道紫色，用以顯示那地方有愉悅的進步拓荒者在快樂地喝著淡啤酒。無論如何，我不要加入這些顏色。我要加入黃色，就在正中心。而河流就在那兒──迷人──死寂地──像一條蛇。哦！一扇門開了，出現一個白髮祕書的頭，但卻有著一種慈悲的表情，一隻瘦削的食指招呼我進入聖堂。聖堂燈光暗淡，一張沉重的桌子蹲踞在中央。從那建築物的後面走出一團蒼白肥胖的影像，穿著一件禮服。是個大人物。他身高五呎六，我想，卻掌握著成百萬人的命運。他握手，我幻想，模糊地喃喃自語，對我的法語感到滿意。Bon voyage（一路順風）。」

「大約四十五秒鐘後，我又在等候室裡與慈悲的祕書見面了，他滿臉淒涼和同情的樣子，叫我簽寫一些證件。我想在我簽寫的文件中，有一則規定是不得洩漏任何商業祕密。嗯，我不打算洩漏商業祕密。」

「我開始感到有一點不自在。你知道我是不習慣於這種禮儀的，並且氣氛中也有一種不吉祥的成分。就像我被引進謀叛的狀態裡——我不知道——似乎有什麼不大對勁的地方；我很高興終於出來了。在另外一個房間裡，兩個女人熱心地打著黑色的毛線。人們正陸續到達，較年輕的那個女人來回走著，為他們引介，年紀較大的那個坐在椅子上。她扁平的布拖鞋撐住一個暖腳器，有一隻貓停棲在她膝蓋上。她頭上戴著一頂漿硬的白帽子，臉的一邊有一顆疣，鼻梁上掛著銀邊眼鏡，眼睛在眼鏡上方看著我。她那眼神敏捷又漠然而沉著，使我感到苦惱。她在指引兩個臉部表情愚蠢而又顯得愉快的年輕人，她同樣投給他們迅速的一瞥，表現出冷漠的智慧。她似乎對所有的這些人都知道得清楚，對我也一樣。我心中興起一種怪異的感覺。她似乎顯得可怕而不祥。我常在離此地很遠的地方想到這兩個女人，她們守護著黑暗之門，打著黑色的毛線，好像織著溫暖的棺衣一樣，一個在引介著，不斷地向陌生人引介著，另一個以冷漠的老眼梭巡著那兩個愉悅而愚蠢的臉孔，再會！打著黑毛線的女人。那些將要死去的人向你致敬。她所

見過的人中，後來再見過她的，並不很多——不到一半，太懸殊了。」

「還要見見醫生。『一種簡單的形式上手續，』祕書這樣說，神態好像是大大地在分擔我的悲哀。接著有一個年輕人，帽子斜戴在左眉上，我看是一個書記——雖然房子都像是死寂城市裡的建築物，但是公司一定有一些書記——他是從樓上什麼地方走下來的，領著我向前走。他顯得邋遢而又粗心，夾克上的袖子染有墨水跡，大大的領帶巨浪似的，結在形狀像舊長筒鞋尖的下巴下。見醫生的時間還嫌早，所以我提議喝一杯，因此他也興高采烈起來，在我們坐著喝苦艾酒時，他把公司的情況說得光榮似錦，不久我偶然表示說，我對於他不去我將要去的地方感到驚奇。他忽然變得很冷淡和鎮靜，『我並不像外表那樣看起來是一個傻瓜，柏拉圖向他的學生這麼說，』他簡潔地回答，下很大決心把酒一飲而盡，然後我們站起來。」

「老醫生按著我的脈搏，顯然同時是正想到別的事情。『好，這樣好，』他咕嚕著，然後熱誠地問我是否願意讓他量量我頭的大小。我有點驚奇地說，『當然，』此時他拿出一個像彎腳規的東西，在我頭部向前後及各方面移動，小心地記下數字。他人小，不修邊幅，穿著一件像猶太人穿的破舊上衣，腳著拖鞋，我認為他是一個不會傷人的傻瓜。『我常常為了科學的興趣，請假去量一量那些到那兒的人的頭蓋骨，』他說。『他們回來

時也量嗎？』我問。『哦，我從沒再見過他們。』他說；『其實，改變是在內部產生的，你知道。』他笑著說，好像在談一個祕密的笑話。『你要到那兒。好極了。也有趣。』他打量了我一番，記下一筆。『家裡有瘋狂的病例發生過嗎？』他以一種實事求是的口吻問，我感到很惱。『這個問題也是科學的興趣嗎？』『是的，』他說，並沒有注意到我的憤怒，『觀察處境困苦的個人的精神變化是科學的興趣，但……』『你是一個精神病醫生？』我打斷他的話。『每個醫生都應該稍微是一個精神病醫生，』古怪的醫生沉靜地回答。『我有一個小小的理論，你們這些要出外的人必須幫我證明。我的國家將因擁有這樣一個莊嚴的屬地而獲得利益，而這是我分享到的一份利益，是我留給別人的唯一財富。原諒我的問題，但你是來這兒讓我檢查的第一個英國人……』我趕忙告訴他，我一點也不能做為典型的代表。『假如我是典型的代表，』我說，『我就不會這樣跟你談了。』『你所說的有點深奧，並且可能錯誤，』他說，笑了一笑。『避免生氣比避免曬太陽重要。adieu。你們英文怎麼說？再見。啊！再見。adieu。在熱帶裡最要緊的事是保持安靜。』……他警告地舉起食指……『要安靜，要安靜，再見。』」

「我還有一件事要做——向我了不起的姑媽道別。我發覺她感到很得意。我喝了一杯茶——幾天來最後一杯高貴的茶——而在一間看起來最富於舒慰感的房間（如

同你想像中的女士房間）之中，我們在火旁安靜地長談著。在這些密談的過程中，我清楚地發覺到，她曾向那位高官的妻子以及天知道有多少人，形容我是一個出奇而有秉賦的人——公司的一件瑰寶——不是隨時可找到的人。天！我就要去指揮一艘在河上行駛的可憐船隻，上面還裝有邊邊的汽笛！似乎我也是具有資金的大工人之一。像是一個光明的使者，像是一位較低階層的使徒。那時已經有大量這樣的胡言亂語散布在文字和言談間，而這位絕佳的姑媽，生活在那種謊言的混亂狀態裡，不禁飄飄然陶醉了。她談到『叫那些成百萬的無知人民脫離他們可怕的生活方式』，一直到（天呀！）使我聽了感到不舒服為止。我大膽暗示說，公司是為了利益而經營的。」

「『你忘掉了，親愛的查理，工人的工作是有價值的，』她生動地說。很奇怪，女人是多麼與真實脫節啊。她們生活在她們自己的世界裡，從沒有過『真實』，也從不可能有。簡直太美麗了，而假如她們建立起真實，那麼真實就會在第一次夕陽西下之前粉碎掉。我們男人自從開天闢地以來就一直滿足地生活於其中的一種混亂事實，會忽地出現而把她們的真實打翻掉。」

「這以後，她擁抱我，叫我穿法蘭絨，要常常寫信等等——然後我走了。在街上——我不知道為什麼——一種奇異的感覺襲我而來，覺得我是一個大騙子。很奇怪，我本來慣於接到通知二十四小時後就出發到世界任

何地方的，並且比大部分人越過馬路時所費的心思還少，但面對這件普通事情我卻有一刻的——我不說是一刻的猶疑，而是一刻吃驚的停頓。我能給予你們最好的說明是：有一兩秒鐘的時間，我並不感覺到我是要往大陸的中心，而覺得好像要出發往地球的中心。」

「我乘一隻法國輪船離開，這隻船在那兒的每個港口停留，據我了解，其唯一的目的是把兵士和海關人員送上岸。我注視著海岸。看著海岸滑過船身，就像在想著一個謎。它在你面前——笑著、皺著眉，挑逗著，顯得堂皇、卑低、無趣或者野蠻，並且常常顯出一種耳語的啞然狀態。來發現吧。這個謎幾乎是無形無狀，好像仍然在形成的過程中，有其單調嚴肅的一面。一片巨大叢林的邊緣，那樣的暗綠，幾乎成為黑色，周圍飾著白色的浪花，直直地伸展，像一條尺線，遠遠地伸展，沿著一片藍色的海遠離而去，而藍色海的光輝為一陣悄悄的霧所滲污了。太陽猛烈地照著，陸地似乎發著光亮，並且滴著蒸氣水珠。到處可看到灰白的斑點擠在白浪的內緣，可能它們上面還飄著一面旗子。殖民地已有好幾世紀了，仍不比針頭——位於其不曾被人接觸的廣大背景上——來得大。我們沿著海岸吃力地航行、停留，把兵士送上岸；繼續航行，把海關人員送上岸，讓他們在那看來像被上帝遺棄的荒野裡徵收賦稅，那荒野上有一間錫片築成的棚屋，有一枝旗竿迷失於其中；然後送上更多的兵士——一般人認為是去照顧海關人員。我聽

說有人溺死在浪裡；但不管溺死不溺死，似乎沒人介意。他們只是被拋上那兒，而我們又繼續前進。海岸每個日子看來都相同，好像我們並沒有移動似的；但我們經過不同的地方——商業貿易地——像格蘭・巴桑，小波波；地方的名字似乎屬於一齣在不吉祥的背景幕前面表演的齷齪鬧劇。旅客的閒散，我與無接觸的人們之間的孤隔，油污污和陰沉沉的海，海岸始終如一的昏暗，這一切似乎使我遠離事物的真相，局促在一種可悲而無知覺迷想的痛苦狀態內。時而聽到的海浪聲音是一種肯定的愉悅，像是一位兄弟的談話。那是一種自然的事物，有其理由，有一種意義。時而海岸的一艘小船使人與真實有一刻的接觸。小船由一些黑人划著。你可以從遠方看到他們眼球的白色部分在閃亮著。他們叫著、唱著；他們的身上布滿了汗珠；他們的臉孔像古怪的面具——這些傢伙；但他們有骨骼肌肉，一種野性的精力，一種移動的強烈能量，就像沿著海岸衝擊的海浪那樣自然和真實。他們不用找出留在那兒的藉口。他們使人看來大感舒慰。有一段時間，我會感覺到我仍然屬於一個直接事實的世界；但感覺不會維持長久。會有事情發生而把這種感情嚇走。有一次，我記得，我們碰到一隻戰鬥艦停泊在海岸外。那兒甚至一間棚屋都沒有，而這隻戰艦正在砲轟樹叢，顯然法國人正在那兒進行一次戰爭。戰艦的軍旗像一塊破布似地垂掛著。六吋長砲的砲口凸現在低低的砲身上；油污污又黏糊糊的大浪懶懶地把戰艦

擁起又落下，搖晃著她脆弱的桅帆。她就位於地球，天空和海水的空白無限中，令人不能理解，並且正把砲火射進大陸。『爆！』一聲，六吋的長砲放射出來；一撮小火燄衝出去，然後消失了，一小綹白煙不見了，一顆小子彈發出微弱的尖叫──然後再也沒事了。不會再發生什麼事了。在進行的過程中含有一種瘋狂的成分，一種看得到的悲慘滑稽感；船上有一個人認真地告訴我說，有一群土人──他稱他們為敵人！──隱藏在看不到的什麼地方，但這並不能驅除這種悲慘滑稽感。」

「我們把信送到那艘戰艦上（我聽說，在那隻孤獨的戰艦上每天有三個人死於熱病），然後繼續航行。我們到過更多名字滑稽的地方，在這些地方，死亡和貿易的愉悅舞蹈，在一種安靜和塵世的氣氛中進行，好像是過分炎熱的地下墓穴；一切都沿著飾以危險浪頭的無形海岸進行，好像大自然本身試著驅走掠奪者；在河流的內外，在生命中的死亡之流，河流的兩岸正腐化成泥濘，河水積成厚厚的黏泥，侵入變形的紅樹，紅樹似乎在一種無能失望的極端狀態中朝著我們枯萎凋零。我們不在一個地方停留足夠長的時間，無法得到一種特殊的印象，但卻有一種一般的感覺在我心中茁長，是一種模糊而又有壓迫性的驚奇。就像一次令人疲憊的朝聖之行，周圍盡是夢魘的陰影。」

「三十多天後，我才看到一條大河的河口。我們停泊在機關所在地之外。但我的工作卻要在二百英里以外

的遙遠地方進行。所以我儘快向三十哩遠的一個地方出發。」

「我坐在一隻小海輪上。船長是瑞典人，知道我是一個海員，就邀我到船橋。他年紀輕，身體瘦削，英俊卻抑鬱不悅，頭髮細長，步態懶散。我們離開可憐的小碼頭時，他不屑地對著海岸搖頭。『一直住在那兒？』他問。我說，『是的。』『這些機關的人員是好人，不是嗎？』他繼續說，英語非常準確而相當尖酸。『一些人為了一個月幾法郎的錢什麼都做，真好笑。我懷疑到了內部情形會變成什麼樣子？』我告訴他說我想儘快看到那種情形。『嗯——哦！』他叫著。他拖著腳橫走，眼睛向前警戒地看著。『不要太有把握，』他繼續說。『前天我載了一個人，他在途中上吊了，他也是瑞典人。』『上吊！上帝呀，到底為什麼？』我叫著說。他繼續警戒地向外看著。『誰曉得？太陽太強他受不了，或者是因為鄉村他無法忍受。』」

「最後，我們到達一處河區。一處岩崖出現了，海岸旁有凸出土地的丘陵，小山上有房子，其他的房子有鐵皮屋頂，位於一堆挖掘出的廢物中，或者懸垂在下傾的斜面上。上面瀑布傳來的不斷噪聲，在這有人居住的荒廢狀態上盤旋。很多人，大部分是赤裸著的黑人，像螞蟻似地移動著。一截防波堤凸進河流裡。使人目盲的陽光時常突然散發出光亮，淹沒了一切。『那兒是你公司的一站，』瑞典人說，指向岩石斜面上三間像兵營似

的木造屋。『我會把東西送去。你說四個箱子？好了。再見。』」

「我看到一個汽鍋在草中滾動，然後發現一條通往小山的路徑。小路繞過大石頭，也繞過一個小型的鐵路車廂，車廂底部朝天，輪子暴露在空中。有一個輪子已掉落了。車廂看來像什麼動物的大屍體一樣。我見到了更多破損的機器，一截生鏽的鐵道。左邊一團樹木形成一片陰影，裡頭似乎有黑色的物體微弱地蠕動著。我眨眨眼，路途可真陡峭。右邊一把號角吹出聲響，我看到黑人跑著。一陣沉重而單調的爆炸聲震動著土地，一縷白煙自岩崖飄來，此外再看不到什麼了。岩石的表面上沒有發生什麼變化。他們正在建築鐵路。岩崖並不阻礙鐵路的建築，但這種無目標的爆炸卻是正在進行中的一切。」

「我聽到後面一聲輕微的叮噹，於是我轉過頭。六個黑人成一排前進，在路上吃力地走著。他們挺直身體緩慢地走著，頭上頂著裝滿了泥土的籃子，腳步配合著叮噹聲。黑色的破布繞在腰部周圍，後面的短布頭像尾巴似地來回晃動著。我可以看到每根肋骨，他們肢體的關節像繩結；每個人頸子上都加了一個鐵領，大家都被繫在一條鍊子上，鍊釦在他們之間晃動著，發出有韻律的叮噹聲。崖岸那邊傳來另一陣槍砲聲，使我忽然想起那艘向大陸開火的戰艦。同樣是那種不吉的聲音；但這些人無論怎麼想像也不能稱為敵人。他們被稱為犯人，

而暴虐的法律就像爆炸的彈片，在他們身上降落，是從海上傳來的一種無法說明的神祕。他們瘦削的胸膛一齊喘著氣，激烈地張開著的鼻孔顫動著，眼睛死寂地瞪著山上。他們在距我六吋的地方通過，看也不看一眼，露出抑鬱的野蠻人那種全然像死亡的漠然神情。在這些野蠻人後面，一個文明人（進行中的新力量之產物）垂頭喪氣地漫步著，握著一把槍的槍膛。他穿著一件夾克制服，有一顆鈕釦掉了，他看到路上有一個白人，就敏捷地把武器放上肩膀。這只是一種慎重的表現，白人從遠處看來都非常相像，他並不能分辨出我是誰。他很快確認了所看到的人，露出開朗、齒白而粗魯的笑容，瞥了一下自己的紋章，似乎在他那種高尚的信任神色中，把我也算著是他的一分子。畢竟，我也是這些崇高公正的義舉中的一部分。」

「我沒有走上去，只是轉身向左邊走下去。我是想在爬上山之前，讓那群繫在鐵鍊上的囚犯遠離我的視線。你知道我並不顯得特別仁慈；我必須攻擊和閃避。我有時必須抗拒和採取攻勢──這只是抗拒的方法之一──沒有按照這種生活（我瞎闖進這種生活）的需求去計算正確的代價，我曾看到暴力的魔鬼、貪婪的魔鬼，以及欲望熱烈的魔鬼；但我對所有的星星發誓，這些都是強烈、色情、紅眼的魔鬼，他們操縱和驅迫男人──是男人，我告訴你。但當我站在山上時，我在那塊陸地的炫目陽光中預知：我將認識一個軟弱、偽裝，視力微

弱的魔鬼，他是一種代表剝削和無情的愚蠢魔鬼。經過幾個月之後在一千哩之外的地方，我又發現這魔鬼多麼陰險！有一會兒的時間我驚駭地站著，好像為警告所驚嚇似的。最後我下了傾斜山，向著我已看到的樹林出發。」

「我避開人家在斜坡上挖掘的大洞，我想不出挖洞的目的。無論如何那不是石坑或沙坑。那只是一個洞窟。那可能是出自『給犯人有事做』的善意。我不知道。然後我幾乎跌進一處狹窄的峽谷，窄得幾乎等於山邊的一個疤痕。我發現很多為殖民地而輸進口的排水管已經倒在那兒。沒有一根是完整的。那是一種放肆的破壞。最後我走到樹下。我的目的是漫步走進陰影休息一會；但我一走進去，就覺得我已走進什麼地獄的陰鬱圈子裡。瀑布在附近，一種不斷、不變、魯莽的衝撞聲音，使沒有生命跡象而看不到一片葉子抖動的叢林悲寂中，充滿一種神祕的聲音——被踐踏的土地上猛烈的步伐像忽然變得可以聽清楚了。」

「黑色的形體蹲伏、躺靠、坐在樹林之間，依著樹幹，緊附著土地，半露出來，半隱在暗淡的燈光之內，顯出痛苦、放棄和失望的樣態。岩崖上另一個地雷爆炸，跟著來的是我腳下泥土輕微的震動。工作在進行中。工作！而這兒是一些幫助工作的人退縮其中以待死亡的地方。」

「他們正慢慢死去——很清楚。他們不是敵人，他們

不是罪犯，他們現在不是地球上的生物，他們只是疾病和飢餓的黑色陰影，迷亂地躺臥在綠色的陰鬱中。在時間契約的合法狀態中，從海岸的深處被帶過來，迷失在不相投的環境裡，靠不熟悉的食物為生，變得無能，然後被允許爬行離開去休息。這些奄奄一息的形體像空氣那麼自由——幾乎像空氣那麼薄弱。我開始分辨出樹下眼睛的光亮。然後，我眼睛向下一瞥，看到一個臉孔在我附近出現。黑色的骨頭直直地以一面肩膀依靠著樹木，眼皮慢慢抬起，深陷的眼睛向上望著，我巨大而空茫，在眼球深處的一種盲目，白色的光亮慢慢地死滅了。那男人年紀似乎很輕——幾乎是一個男孩的模樣——但與他們在一起你很難分辨出來。我幫不上忙，只能從口袋中取出一片從瑞典船上帶來的美味餅乾給他。他的指頭慢慢地接近餅乾，然後抓住——沒有其他動作，不再看一眼。他頸上綁著一小片白色的絨線——為什麼？他在哪兒得來的？那是一種標記？一種裝飾品？一種符咒？一種調解的行動？有沒有什麼跟它有關聯的觀念？這小片來自海外的白線，繞在他黑色的頸部，看了令人吃驚。」

「靠近一棵樹的地方，更有兩堆臉呈銳角的人縮著腳坐在那兒。有一個下巴伸出在膝蓋上，眼睛視而不見，態度令人難受又可怕：他鬼影似的兄弟支著前額休息，好像被一種巨大的疲乏所壓服；其他的人四處散開，顯露每種變形崩潰的姿勢，好像是一幅大屠殺或惡

疫流行的圖畫。在我恐怖地站在那兒時，其中一個人用手和膝蓋支起身體，爬向河邊喝水，他舐著自己的手，然後坐在陽光中，把他的脛骨交叉在面前，一會兒後，把他頭髮蓬亂的頭垂在胸骨上。」

「我不願再在陰影裡徘徊，趕快向駐所出發。接近建築物時我碰到一個白人，風度那樣出奇地優雅，最初我還認為是一個幻影。我看到一副高高而漿直的衣領，白色的袖口，一件羊駝毛夾克，雪白的褲子，一條清潔的領帶，還有發光的長筒鞋。沒戴帽子。頭髮分開，梳得很整齊，抹了油，一隻碩大而白色的手拿著一把綠紋洋傘。他臉露驚奇的表情，耳後夾著一枝筆。」

「我與這個奇蹟似的人握手，曉得他是老闆的會計師，所有的簿記都在商站上完成。他說他出來走一會，『透透新鮮空氣。』講的話聽起來有一種美妙的怪異成分，使人想起伏案靜坐的生活。我本來不會向你們提起這個人的名字，只不過我是從他的口中第一次聽到另一個人的名字，那個人和我對那時的記憶有不可分離的關係。尤有進者，我尊敬這個會計師。是的，我尊敬他的衣領，他巨大的袖口，他梳得整齊的頭髮。他的外表真的是屬於理髮匠的橡皮假人那一類；但在此地的大腐化狀態中，他卻保持著美好的外表。那是所謂的骨幹。他漿硬的衣領和上翻的襯衫胸口是性格的成就。他出外幾乎已有三年，以後我禁不住問他怎麼有辦法穿這麼挺的衣服，他只是微微臉紅，謙虛地說，『我一直在教駐所

附近的一個土著女人燙衣服。工作很難。她討厭工作。』這樣說來這個男人真的是有點表現。同時他專心於帳簿，他的帳簿有條不紊。」

「駐所裡其他的一切事情都是一塌糊塗——頭釘、雜物、建築物。成群的灰濛濛黑人，腳向外張開，來了又去；一大堆機器製造的貨物、廢棄的棉花、珠子以及放置進黑暗深淵的黃銅絲，換來珍貴的一丁點象牙。」

「我必須在駐所等十天——簡直是漫漫的長日。我住在庭院的一間小屋，但為了避開混亂狀態，我有時就走進會計師的辦公室。辦公室是水平的木板釘成的，因為釘得很差，所以在他彎身對著高高的桌子時，頸子到腳跟之間就會投上一道道狹窄的光線。不用打開窗簾去看外頭。屋裡也是一片炎熱；大蒼蠅凶惡地嗡嗡叫，不螫人，卻戳人，我通常都坐在地板上，而他卻露出完美無瑕的樣態（甚至身上微微灑有香水），坐在一張高凳上，寫著，寫著。有時候他站起來走動走動。如果有躺著病人（從內陸送來的患病代辦）的腳輪臥床放在那兒時，他就露出一種輕微的惱怒表情。『這個病人的呻吟，』他說，『分散了我的注意力。而沒有注意力的話，很難很難在這種天氣防範事務上的錯誤。』」

「有一天他低著頭說，『你在內陸一定會碰到庫茲先生。』我問他庫茲先生是誰，他說他是第一流的代辦；他看到我聽見這個消息時表情顯得失望就放下筆，慢慢補充說：『他是一位很有名的人。』我又問了一些

問題，知道庫茲先生現在正主管一處商業哨站，很重要的一個哨站，在真正的產象牙鄉村裡，就在『那兒最內部的地方。送來的象牙與其他哨站的象牙加起來一樣多……』他又開始寫了。病人病太重無法呻吟。蒼蠅在一片非常沉靜的氣氛中嗡嗡叫著。」

「忽然傳來漸漸增高的喃喃聲和腳步踐踏聲。一隊商販進來了。在木板的另一邊發出一陣粗魯激烈的嘮叨聲。所有的挑夫正說著話，在喧囂聲中可以聽到總代辦像在流淚般的悲哀聲調：『不要吵了。』這是他那天第十二次這麼說……會計師慢慢站起來。『多可怕的爭吵，』他說。他輕輕地穿過屋子去看那病人，回來時對我說，『他聽不到。』『什麼！死了，』我吃驚地問。『不，還沒有，』他非常鎮靜地回答。然後向著駐所庭院的喧騰人群搖著頭說，『如果一個人必須進行正確的帳目記載，他就會痛恨這些野蠻人──痛恨到死為止。』他沉思了一會。『你看到庫茲先生時，』他繼續說，『告訴他這裡的一切，』──他看著桌子──『都很令人滿意。我不喜歡寫信給他──我們這些信差，你從不會知道你的信會落在誰的手中──在信到達中央駐所的時候。』他那溫和而腫脹的眼睛注視了我一會。『哦，他會成功，非常成功，』他又說。『他在行政方面不久就會成為要人的。他們，上司──歐洲的總部，你知道──有意要使他這樣。』」

「他轉身去工作，外面的噪聲已經停了，我立刻走

出去，停在門口。在蒼蠅不停的嗡嗡聲中，這個要回到家鄉的代辦茫然躺著，臉發紅光；另外一個，埋首帳簿中，正在忙著有關完全正確交易的正確記載；而在門梯下五十呎的地方，我可以看到死之叢林的寂靜樹頂。」

「第二天，我終於離開那駐所，帶著六十個人組成的商旅隊，要從事一次二百哩的徒步旅行。」

「我想，告訴你們很多有關那次的事也沒有用。路，路，每個地方都是路；用腳踏成的路網，伸展在空曠的土地上，穿過長長的草根，穿過燃燒過的草木，穿過叢林，爬上又爬下熾燃著熱氣的嶙峋山頭；然後孤寂，孤寂，不見人蹤，不見茅屋。人口已在很久以前疏開了。嗯，假如很多神祕的黑人配備各種武器，忽然在笛爾和格拉文生德間行進起來，左右抓走鄉下愚佬為他們挑重擔，那麼我想附近每個農田和農舍都會很快為之一空。只是在這兒連建築物也不見了。我仍然走過了幾個荒棄的鄉村。在長草布滿牆壁的殘垣中存有一種令人憐憫的幼稚未成熟氣氛。六十雙赤裸的腳在我後面一天又一天發出踐踏和拖拉的聲音，每雙腳都負擔著六十磅的重荷。搭營，煮飯，睡覺，收營，前進。時而會有一個挑夫死於勞困，躺在靠近路旁的長草中，一個空空的水瓶和長長的手杖散在他身旁。周圍和上方都是一片深沉的寂靜。可能在某個安靜的夜晚，你會感到遠方鼓聲的恐怖、低沉、高張，一種廣大模糊的恐怖；一種奇異，哀求，挑動，而狂野的聲音——而可能含有一種意

義，像基督教國家裡的鐘聲那樣深遠。有一次，一個白人穿著一件沒有上釦的制服在路上紮著營，由一隊瘦長的然齊巴利斯土人以武裝護衛著，他很好客而又性情愉悅──更不用說喜歡喝酒了。他說他正照顧保養一條大路。我不能說我看到什麼大路或者什麼『保養』，除了在更遠三哩的地方我確實碰到一個中年黑人的屍體，前額上有一個彈孔，這可以被認為是一種永恆的進步。我也有一個白人伴侶，人並不壞，但有點胖，有一種令人生氣的習慣，那就是昏倒在離最沒有陰影和水源有幾哩之遙的炎熱山旁。用你的上衣遮在一個人頭上，等他恢復知覺，像撐住一把洋傘似的，你知道這是很惱人的。我有一次禁不住問，他來那兒是什麼用意。『當然是賺錢啊。你認為如何？』他輕蔑地說。然後他發燒了，必須用一根柱子掛著一個吊床帶著他走。因為他體重有二二四磅，所以我跟挑夫不停地吵著嘴。他們躊躇不前，逃開，晚上背著吊床潛走──簡直是叛變。所以有一天晚上，我以手勢用英語訓話，沒有一個手勢逃過我面前的六十雙眼睛，第二天早晨，我叫他們背著吊床在前面走。一小時後，我親眼見到一切在一叢灌木林裡毀壞──人，吊床，呻吟，毛氈，恐怖。重重的桿子擦傷了他可憐的鼻子。他急著叫我殺一以儆百，但附近卻看不到一個挑夫的影子。我記起老醫生，『觀察處境困苦的個人的精神變化是科學的興趣。』我感到我正在對科學發生興趣。但，一切都沒有結果。第十五天我又看到那

條大河，然後跛行走進中央駐所。中央駐所位於窮鄉僻壤，周圍環繞著矮樹和叢林，一邊隔著惡臭的污泥，其他三邊有一節搖搖晃晃的蘭枝籬笆圍著。有一處被疏忽的隙裂是唯一的門，第一眼瞥到這個地方就足夠讓你看到一切軟弱無力。手中拿著長棍的白人自建築物中懶散地出現，漫步走上來看了我一眼，然後又在什麼地方消失不見了。其中有一個人，身體健壯，性子急，蓄著黑色的鬍子，我一告訴他我的名字，他就口若懸河，枝枝節節告訴我說，我的船沉在河底裡。我嚇呆了。什麼，怎麼，為什麼？哦，情形『還好』。『經理本人』在上頭。一切都很不錯。『每個人都表現得很漂亮！漂亮！』——『你必須，』他激動地說，『馬上去見總經理。他正在等你！』」

「我沒有馬上看出那次沉船的真正意義。我認為我現在是看出了，但我沒有把握——一點也沒有。真的，事情顯得太糊塗了——我想到此事時這麼認為——太糊塗了，無法顯得完全地自然。仍然……但那時刻事情出現時只是一種可咒而麻煩的事。船沉了。他們兩天前匆匆忙忙向河流上游出發，經理在上面，由一位自願船長指揮，而出發不到三小時，船底就觸礁開花了，船在靠近南岸的地方沉沒了。我自問既然船已失，我到那兒幹什麼呢？事實上，從河中把船打撈起來再度成為船的主人，就足夠我做的了。我必須在第二天趕完。這件事再加上我把殘骸拖到駐所時所需的修理，花了幾個月的時

間。」

　「我第一次跟經理見面是件奇怪的事。我那天早晨
已走了二十哩，而他並沒有叫我坐下來。他皮膚、五
官、態度和聲音都平凡不出奇。他身高中等，身材平
平。眼睛呈現平常的藍色，可能出奇地冷漠，只要向你
一瞥，就會像一把斧頭那樣犀利和沉重。但甚至在此
時，他本人其餘的部分也似乎否認其企圖。在其他的情
況下，他只會在嘴唇上露出一種不確定而微弱的表情，
一種偷偷摸摸的神色──微笑──不是微笑──我記得那
微笑，但我無法說明。那微笑是無意識的，雖然就在他
說了什麼之後，會有一刻的時間顯得強烈有力。那微笑
是在他講話末了時顯現的，就像一顆封印封在字語上，
使最普通的辭語顯得絕對地不可測。他是一個普通的商
人，從年輕時代起就被人雇用從事這些方面的事情──
如此而已。人家聽從他的，然而他卻激不起人家的愛與
懼，甚至也引不起人家的尊敬。他只引起人家的不安。
就是這樣！不安。不是一種確定的懷疑──只是不安──
如此而已。你不知道這樣一個⋯⋯一個⋯⋯幹部能有多
大的工作效率。他對組織、創始，或甚至命令都沒有天
賦。這可以從駐所的可悲狀態看出來，他沒有學識，沒
有智力。他尸居其位──為什麼？可能因為他從沒生病
⋯⋯他在那兒任了三期，每期三年⋯⋯因為處在組織的
一般群眾裡，不凡的健康本身就是一種力量。當他休假
回家時，就大規模地放蕩一番──很氣派。上了岸──作

風不同──只是外表上而已。這我們可以從他偶然的談話上看出來。他沒有創意,他可以讓例行公事繼續下去──就是這樣而已。但他卻偉大。他的偉大存於以下這件小事上:我們無法說出什麼東西可以控制這樣一個人。他從沒洩漏過那個祕密。可能他心沒有什麼祕密。這樣的一種懷疑使人迷惑──因為在那兒並沒有外在的牽制。有一次當各種熱帶病幾乎擊倒了駐所裡所有的代辦時,他曾說,『來到這兒的人應該沒有內臟。』他以那種微笑封住了所講的話,好像那微笑是一扇門通向他所把持的黑暗狀態。你幻想你看到了東西──但上面卻貼著封條。吃飯時白人為上位的問題不斷地爭吵,他惱了,於是就命人製造一張巨大無比的圓形餐桌(還要再建一所特別的房子來容納)。這是駐所的會餐室。他所坐的地方是首位──其餘的地方等於不存在。人們感到這是他不可改變的信心。他既不謙恭也不魯莽。他顯得安靜,他允許他的『差童』──一個來自海岸而吃得過多的黑人──在他面前以激怒人的侮辱行為對待白人。」

「他一看到我開始說話。我在路上待了很長的時間。他不能等。他必須不等我先出發。上游的駐所需要救援。已經有過很多次的耽擱,他不知道誰死誰生,他們如何過日子──等等,等等。他對我的說明不加注意,只是玩弄著一節封蠟,重複說著『情況很嚴重,很嚴重』。謠言流傳說,有一個很重要的駐所處於危難中,其主人庫茲先生病了。希望那不是真的。庫茲先生

是……我感到疲倦又憤怒。該死的庫茲，我想。我打斷他的話，說我在海岸已聽說過庫茲先生了。『啊！這樣說，他們在那兒也談到他，』他喃喃自語。然後他又開始說話，叫我相信庫茲先生是他最好的代辦，一個不平凡的人，是公司最重要的人物；因此我可以了解他的焦慮。他說他『非常非常不安』。真的，他在椅子上非常坐立不安，並且叫著，『啊，庫茲先生！』他折斷那節封蠟，似乎被這意外事件嚇得啞然失語。接著他要曉得的是『要多少時間才能到』……我又打斷他。我因為飢餓，你知道，並且站著，所以我變得不客氣起來了。『我怎麼知道？』我說。『我甚至還沒看到破毀的船隻——無疑要有幾個月之久。』這一切談話似乎對我顯得沒價值。『要幾個月之久，』他說。『嗯，讓我們說三個月後我們才能開始。是的，事情應該這樣。』我從他的小屋裡跑出來（他自己一個人住在一間泥屋裡，屋裡有陽臺）自己喃喃地說出自己對他的看法。他是一位饒舌的白癡。以後因為他極準確地估計完成這件事情所需要的時間，使我很吃驚，我也就撤銷這種想法了。」

「第二天我就去工作，可以說，把那駐所視若無睹。似乎只有這樣我才能把握住生活的可取事實。但人們還是必須時而到處走走看；於是我看到了這個駐所，這些人在庭院的陽光底下無目的地漫步著。有時我自問這一切到底是什麼意思。他們到處遊蕩，手中拿著荒謬的長棍，像是一群無信心的朝聖者在一道腐朽的籬

笆裡被魔法迷住了。『象牙』兩個字在空中鳴響，人們耳語著這兩個字，人們嘆息說著這兩個字。你會認為他們正在對著這兩個字祈禱。一股癡愚的貪婪氣味穿它而過，像是發自屍體上的一陣惡臭。上帝呀，我生命中從沒看過如此不真實的事物。而外面，環繞著地球上這個清楚的污點的寂靜荒野，使我怵目驚心，像是什麼偉大而無敵的事體，像是罪惡或真理，耐心地等待這種奇異的入侵消失。」

「哦，這幾個月呀！嗯，不必介意。很多事情發生了。有一天晚上一間堆滿了印花布、花洋布、珠子以及其他什麼東西的草屋爆炸著火了，事情來得太突然，你會認為是地球裂開，讓一把復仇之火把那一切雜物報銷了。我正在那艘一團散亂的船旁邊靜靜地抽著菸管，看到他們全部都在火光中蹦跳，手臂舉得高高的，此時那位健壯而蓄著鬍鬚的男人走到河流這邊來，手中提著一個錫桶，對我說每個人都正『表現得漂亮極了，漂亮極了』，他提了一點水，又趕回去。我注意到他的桶底有一個洞。」

「我漫步前走。我並不用急。你看到草屋像一盒火柴那樣付之一炬了。從一開始就顯得無望。火焰跳躍得很高，把每個人都驅趕了回去，把每件東西照亮了——然後崩潰。小屋已經成為一堆閃閃發光的灰燼。附近有人在痛打一個黑人。據說他是火首；總之，那黑人發出可怕的尖叫聲。我以後幾天看到他坐在一片陰影裡，病

弱而試著要恢復健康的樣子；以後他站起來，走出去了
——而闃無音響的荒野又把他擁入懷抱裡。當我從黑暗
中走近火光時，我發覺我前面有兩個人在談著話。我聽
到『庫茲』的名字，然後聽到『利用這個不幸的事
件』。其中有一個是經理。我向他們道晚安。『你見過
那樣的事嗎——呃？令人難以相信。』他說著走開了。
另外一個人還在那裡。他是第一流的代辦，年輕，一副
紳士派頭，有點保守的樣子，留有一撮小鬍子，長著一
個鉤鼻。他跟其他的代辦關係冷淡，他們說他是經理用
來偵探他們的。至於我，我以前幾乎不曾跟他談過話。
此時我們談起話來，不久就漫步離開那嘶嘶響著的廢
墟。然後他要我到他的房間坐，他的房間是駐所的主要
建築物。他擦亮一根火柴，我看到這位年輕的貴族不僅
有一個鑲銀的化妝盒，還自己擁有一整根蠟燭。那時候
一般認為只有經理才有權擁有蠟燭。土產的草蓆蓋在泥
牆上；一堆矛、標槍、盾、小刀像戰利品一樣掛著。這
個人被委託以製磚的工作——我聽人說；但在駐所裡卻
找不到一塊磚，而他在那兒已有一年多——在等著。似
乎他沒有一些什麼東西就造不出磚頭，我不知道是什麼
東西——可能是稻草。無論如何，那兒找不到稻草，並
且不可能從歐洲運來，因此我不清楚他在等什麼。可能
是一種特意創造的行動。無論怎麼，他們全都在等——
所有的十六個或二十個朝聖者——等著什麼東西；而我
敢說，從他們採取的方式看來，那似乎不是一種不相投

的職業，雖然唯一降臨他們身上的是疾病——就我所看到的而言。他們以一種愚蠢的方式讒謗人家及彼此心懷鬼胎，藉此消度時間。在那駐所附近彌漫一種陰謀詭計的氣氛，但，當然沒有什麼結果。那就像其他一切事情那麼虛偽——虛偽一如整個公司的仁慈偽裝，一如他們的言談，一如他們的行政，一如他們工作的表現。唯一真實的感覺是那種被任命為貿易站人員的欲望，在貿易站裡有象牙，可以賺得多少百分比的錢。他們只是為了這個原因而心懷鬼胎、而誹謗、而憎恨，但至於有效地助一臂之力——哦，他們不會的。天呀！畢竟在這世界上是有一種什麼東西，使得一個人在另一個人不注意看守韁繩時把馬偷掉。不客氣地把馬偷掉。很好。他已偷了。可能他可以騎。但有一種注意看守韁繩的方式，甚至最慈善的聖人也會表示反對。」

「我不知道為什麼他要與我交談，但當我們在那兒談天時，我忽然想到，這個人正試圖想得到什麼——事實上，正在盤問我。他不斷提到歐洲，提到我要在那兒認識的人——提出一些重要的問題，是有關我在這如墳墓的城市裡所認識的人，以及等等的問題。他的小眼睛像雲母圓盤似地閃亮著——顯得好奇——雖然他試圖保持一點目中無人的樣子。最初我呆住了，但很快地，我就變得極為好奇，想知道他要從我身上得到什麼。我不能想像我有什麼值得他這樣做的。看到他自貶身價的樣子，真是有趣，因為事實上我顯得很冷峻，我的腦中除

了那艘毀壞的船外，空無一有。顯然他把我看作是一位完全無羞恥心的耍賴者。最後他發怒了，為了隱藏惱怒的表情，他打起呵欠來了。我站起來。然後我注意到畫版上一小幅油畫寫生，上面是一個女人，蓋著身體，蒙住眼睛，拿著一把點著的火炬。背景陰沉──幾乎是黑色的。女人的動作顯得莊嚴，火炬的亮光照在臉上，露出不祥的神色。」

「這幅畫吸引了我，他謙恭地站在旁邊，拿著一個半品脫的空香檳酒杯（醫藥慰藉品），裡面插著一支蠟燭。我問是誰畫的，他說是庫茲先生畫的──一年多以前在這個駐所畫的──他那時在等著設法到達貿易站。『請告訴我，』我說，『這位庫茲先生是誰？』」

「『內部駐所的主任。』他簡短地回答，看著別的地方。『非常感謝，』我笑著說。『而你是中央駐所的造磚者。每個人都知道。』他沉默了一會。『他是一位奇才，』他最後說。『他是代表同情、科學和進步以及鬼知道什麼的特使，』他忽然宣稱說，『為了指導歐洲所信託我們的義舉，我們需要較高的智力，廣大的同情，目標的一致。』『誰說的？』我問。『很多人。』他回答。『有的人甚至寫成文章。所以他就來到這兒，一個特別的人物，你應該知道。』『為什麼我應該知道？』我打斷他的話，真正感到驚奇。他沒有注意。『是的。今天他是最好的駐所主任，明年他將成為助理經理，再過兩年……但我敢說，你知道兩年後他會成為什麼。你

是屬於新的一群——具有美德的一群。那些特別派他來的人也推薦你。哦，不要否認。我可以信任我的眼光。』我明白了。我親愛的姑媽所認識的那些有影響力的人，正在這年輕人身上產生一種意外的效果。我幾乎大笑出來。『你讀到公司祕密的通訊嗎？』我問。他沒有說一句話。真是好笑。『一旦庫茲先生，』我繼續嚴肅地說，『當起總經理時，你就不會有機會了。』」

「他忽然把蠟燭吹熄，我們走到外面去。月亮已升起。黑色的人形在附近無精打采地走來走去著，把水潑在火燄上，那兒有一種嘶嘶的聲音繼續響著；蒸氣升進月光裡，那被痛打的黑人在什麼地方呻吟。『那畜生惹出多大的禍啊！』那個留著鬍子而勤奮不倦的男人說著向我們走近來。『活該。做壞事——處罰——痛打！無情，無情，這是唯一的方法。這會為將來免去一切的大火災。我正跟經理說……』他注意到我的同伴，忽然變得意氣沮喪。『還沒有睡覺。』他說，顯露一種奴顏婢膝的熱誠。『這是很自然的。哈！危險——激動。』他不見了。我走到河邊，原來的那個人跟著我。我聽到耳旁一聲痛切的喃喃，『一堆笨蛋——啊。』我可以看到朝聖者成群在比手勢，討論。有幾個手中還拿著木棍。我真的相信他們睡覺也帶著這些木棍。籬笆那邊，森林似鬼魂立在月光之中，透過昏暗的騷動，透過那悲戚庭院的微弱聲音，陸地的沉寂襲向人們心中——其神祕，其偉大，其隱蔽生命的驚人真實。受傷的黑人在附近什

麼地方微弱地呻吟著，然後吐出一聲嘆息，使我加快步伐離開他。我感覺到一隻手在我臂下扭動。『老兄，』那人說，『我不要被人誤解，特別是被你誤解，你會見到庫茲先生，而我要很久以後才有這個榮幸。我不喜歡他對我有一個錯誤的觀念……』」

「我讓他繼續談，這個紙做的殘缺魔鬼，我認為假如我試試的話，我可以用我的食指刺穿過他，可能會發現裡面除了一點鬆弛的髒土外，別無他物。你不知道嗎？他一直計畫不久以後當起現在這個經理的助理。而我可以看出，庫茲的到來使兩人大為氣惱。他急躁地談著，我不想去阻止他。我用肩膀拖著我的破船，像拖一隻巨大的河獸屍體一樣拖上斜坡。泥土，原始泥土的味道，天呀！襲向我的鼻子，原始森林的高度沉寂就在我的眼前，黑色的小河上有發亮的土地。月光在萬物上敷覆一層薄銀——在蔓茂的草木上，在泥土上，在比寺廟牆壁還高的牆上（牆上爬著叢生的植物），在大河之上，我可以透過一處陰暗的山凹，看到寬廣的河流一聲不響流過，閃爍著，閃爍著。所有這一切都顯得偉大、熱切、寂靜，而那人卻在信口瞎聊著。我不知道，那注視著我們的無垠表面所籠罩的沉寂，其意義是吸引力或者是威脅。停留在這兒的我們是什麼東西呢？我們能掌握那啞然的東西，或者它會掌握我們呢？我感到，那不能說話並且也可能聽不見的東西是多麼巨大，多麼可惡地巨大。那兒有什麼東西呢？我知道一些象牙來自那

兒，並且我聽說庫茲先生在那兒。關於此事我也聽得夠多了——天知道！然而無論如何，這並不使人產生什麼影像——假如有人告訴我說，那兒有一個天使或一個魔鬼，反而更可以使我產生一種影像。我相信它，就如同你們其中有人會相信火星上有居民一樣。我以前認識一個蘇格蘭造船商，他硬相信火星上有人。假如你問他那些人長得怎麼樣，行動如何，他會露出羞容說是用『四肢爬行』。假如你笑他的話，他會——雖然已是六十歲的人了——提議跟你一拚。我不會為了庫茲而拚命，但我去找他，幾乎達到說謊的地步。你知道我憎恨、厭惡，並且不能忍受說謊，並不是我比其餘的人還正直，只是因為說謊使我心驚。說謊存有一絲死亡的氣氛，一點朽滅的味道——這正就是我在這世界所憎恨和厭惡的——也是要忘記的。說謊使我顯得可憐而病弱，就像咬到什麼腐爛的東西。我想是氣質的關係吧。嗯，我足夠接近說謊的地步：我讓那位年輕的傻瓜相信，凡是他想像到的事物，都跟我在歐洲的影響力有關。我像其餘著迷的朝聖者一樣，很快變成一種虛偽的做作。這只是因為我有一個想法，認為這會對那位庫茲有所幫助——你知道，我那時還沒見到他。他對我只是代表兩個字而已，我在這個人的名字裡所了解到的並沒有你們多。你們看到他嗎？你們看到故事嗎？你們看到什麼嗎？我想我是在試圖告訴你們一個夢——白費力氣地努力著，因為沒有什麼夢之關聯可以傳達夢的感覺，這種感覺混合著掙扎反

抗的戰慄中那種荒謬、驚奇和迷惑，它是一種意念：被那種屬於夢之本質的可疑成分所攫……」

他停了一會。

「……不，不可能；不可能傳達一個人生存的任何時代的生活感覺——那種製造存在真理和意義的存在——存在所具有的精妙而銳利的本質。不可能，我們生活，就像我們作夢——孤獨……」

他又停了下來，好像在沉思，然後又補充說：

「當然，在這方面，你們現在能比我當時看得更清楚。你看到『我』，你們認識的『我』……」

天空變得漆黑一片，我們這些聽眾幾乎彼此看不見了。有一段長時間他坐在一邊，對我已僅僅是種聲音了。沒有人講話，其他的人可能睡著了，但我清醒著。我聽著，我注意著每句話，注意著字語，它們會向我暗示那種經由他的敘述所引起的輕微不安，他的敘述在河流的沉重夜晚空氣裡進行，似乎不用人類的嘴唇就形成了。

「……是的——我讓他繼續講下去，」馬羅又開始說，「讓他隨心所欲去想我身後隱藏的力量。我是這樣做！而我身後卻沒有隱藏什麼！除了我倚靠的那艘邪惡、古老、損壞的船隻外，再也沒有什麼，然而他卻流暢地談著『每個人必要成功』。『一個人到了這兒，你想，並不是來瞪著月亮的。』庫茲先生是一個『宇宙天才』，但甚至一個天才也會發覺到，用『足夠的工具——

即聰明的人』工作起來比較容易。他不製磚——當然，有一種肉體上的不可能——我清楚地知覺到；而假如他為經理做祕書工作的話，那是因為『明智的人不會拒絕他上司的信任』。我明白了嗎？我明白了。我還要什麼呢？我真正需要的是鉚釘，天呀！鉚釘。以便進行工作——堵住船上的洞口。我要鉚釘。在海岸有成箱的鉚釘——成箱——堆積起來——爆炸——破裂！你在山旁的駐所，庭院每走兩步就踢到一枚鬆弛的鉚釘。鉚釘已經滾進死亡的叢林裡。你的口袋可以裝滿鉚釘，以致腰部被壓彎了——但在需要鉚釘的地方卻找不到鉚釘。我們有可以利用的薄金屬板，但沒有鉚釘可以把它們釘在一起。而每個星期，一個信差，一個孤獨的黑人，肩上背著信袋，手中拿著木棍，離開駐所向海岸出發。一星期有幾次會有一隊海岸的旅商帶著交易貨物來——上了可怕顏料的印花布，使你看了都要戰慄，還有玻璃珠子，價值大約一夸特一生尼，以及色點斑駁的棉花手巾。但卻沒有鉚釘。只要三個挑夫就可以帶來鉚釘，使那隻船浮在水上。」

「他現在變得很信任我，但我認為我沒反應的態度最後一定激怒了他，因為他認為有必要告訴我一件事，那就是他既不怕上帝也不怕魔鬼，更不用說無足輕重的人。我說，我可以清楚了解他的意思，但我要的是一定量的鉚釘——而庫茲先生也知道，鉚釘是他真要的東西。現在，每天都有信送往海岸⋯⋯『敬啟者，』他大

聲讀著信，『我根據口授寫下來。』我要求鉸釘。有一個方法——對一個聰明的人而言有一個方法。他改變他的態度，變得很冷淡，忽然開始談起河馬，懷疑我睡在船上（我日夜待在破船上）是否會受到干擾。有一隻老河馬有一個壞習慣：跑到河岸上來，夜晚在駐所的地上遊蕩。朝聖者們通常都全體跑出來，把所有的槍子彈發射盡淨。有人甚至為了牠守夜不睡。可是所有的這一切精力都白費了。『那隻動物具有被符咒保護的生命，』他說：『但這句話只適於這地區的動物。這裡的人——你曉得嗎——這裡沒人具有被符咒保護的生命。』他在月光下站了一會，精緻的鉤鼻有點歪斜，他雲母似的眼睛發著亮光，一眨也不眨，然後簡略地說一聲晚安就走開了。我看到他不安又大為困惑，這使我感到比前幾天更有希望。離開那個人而轉向我那有勢力的朋友——那艘扭曲、破毀的沉船——倒是一樁令人愉快的事。我攀爬在船上，船在我腳下發出響聲，像一個亨特利和巴梅餅乾錫罐沿著水溝踢著一樣；船本身並不那麼堅固，形狀也不好看，但我在她身上做過足夠的艱苦工作，為的是使她喜愛我。沒有其他有勢力的朋友會比她更有幫助。她曾給了我來到這兒的機會——來看看我能做些什麼。不，我不喜歡工作，我寧願到處遊蕩，想著那些能夠做成的美好工作。我不喜歡工作——沒有一個男人喜歡——但我喜歡工作中的成分，那自我發現的機會。你唯一的真實——對你自己，不是對別人——其他人不能知

道的事。其他人只能看到僅僅的表面，而從不能說出其真正意義何在。」

「我看到有人在船尾的甲板上，雙腿在泥濘上方舞動，我並不驚奇。你知道我跟那駐所的幾個機工變成朋友了，其他的朝聖者卻輕蔑他們──我想是由於他們禮貌不夠。現在這位是──一個鍋爐製造工──一個好工匠。他瘦削而臉黃，眼睛大而有神。他的表情憂鬱，頭像我的手掌那麼禿；但他頭下的頭髮似乎已黏住他的下巴，而在一個新地方茂盛地長起來了，因為他的鬍鬚一直垂到腰身。他是個鰥夫，有六個年輕的孩子（他請他姊姊照顧他們，然後才來這兒），他生活裡最喜歡的一件事是放鴿子。他是一個熱心的鑑賞家。他常要大談鴿子。工作時間過後，他常要走出他的小屋來談談他的孩子和鴿子；當他必須在船底的泥土中爬行工作時，他會用一條白色的毛巾把鬍子綁起來。毛巾有活結掛在耳朵上。早晨可以看到他蹲在河岸上，很小心地洗著那塊毛巾，然後嚴肅地把它鋪在一堆樹叢上曬乾。」

「我拍著他的背叫著說，『我們會有鉸釘的！』他匆忙站起來叫說，『不！鉸釘！』好像他不能相信自己的耳朵。然後他以很低的聲音說，『你……呃？』我不知道為什麼我們的行為像瘋子。我把指頭放在自己鼻子旁邊，神祕地點頭。『不錯！』他叫著，在他頭上方彈著他的指頭，舉起一隻腳。我試著輕快地跳著舞步。我們在鐵甲板上跳躍著。一陣可怕的嘩喇聲從廢船上傳

來，而小河岸另一旁的原始森林，在沉睡著的駐所發出一陣雷響，把嗶喇聲送了回去。一些朝聖者一定會因為這種聲音而整夜沒睡。一個黑色的人影遮住了經理小屋亮著燈的門口，然後消失了，接著大約一秒鐘後，門也不見了。我們停下來，我們的腳步聲驅趕開的沉靜，又從陸地的深處流傳回來。植物形成的大牆，一堆繁茂而纏結的樹幹，樹枝，樹葉，花果，在月光中靜止不動，像是無聲生命的狂暴入侵，植物形成的滾動波浪，堆積起來，起了白泡，準備撲向小河，把我們每個小人物趕出其微弱的生存狀態。而它本身卻默然不動。一陣有力的飛濺聲和噴氣聲的悶響，從遠處傳到我們耳朵，好像一隻魚龍一直在大河流裡的光亮中洗浴。『畢竟，』鍋匠以一種適度的音調說，『為什麼我們不應該得到鉸釘？』為什麼不應該，真的！我不知道為什麼我們不應該。『鉸釘三星期後會到來，』我有信心地說。」

「但鉸釘沒來，來的反而是一種侵入，一種處罰，一種天譴。這種天譴分成幾部分在以後的三個星期到達，每部分由一隻驢子帶領，上面坐著一個穿新衣服和紅鞋的白人，在那高地上左右對著感動的朝聖者鞠躬。一群走痛了腳而鬱鬱不樂的喧囂黑人踐踏著驢子的腳跟；很多帳篷、營凳、錫盒、白箱、棕色貨物要在庭院裡卸下來，而神祕的氣氛會在駐所的紊亂中加深一點。一共來了五批，帶著取自裝具商店和食品店鋪的無數戰利品，那種亂闖的荒謬氣氛，使人會想到，這批人群和

驢群，在一次空襲後，正使勁地駛進荒野內，準備以平均分割的方式占據荒野。那是一團亂糟糟的東西，本身是高尚的，但人類的愚蠢使它們看起來像盜劫的戰利品一樣。」

「這忠誠的一群自稱黃金探險遠征隊，而我相信他們是宣誓保密的。無論如何，他們的談話像卑鄙的海盜：魯莽卻不有力，貪婪而不大膽，殘忍但無勇氣；他們之中沒有一丁點兒先見之明或嚴肅的企圖，他們似乎不知道，這些條件是開拓世界所需要的。從陸地的內部壓榨出財寶是他們的欲望，簡直跟夜賊敲開保險箱一樣，心中一點也沒有道德目的。我不知道誰付出這椿大企業的費用；但我們經理的叔父是那些傢伙的領導者。」

「就外表而言，他就像住在窮鄰居中的一位屠夫，他的眼睛有一種睡意矇矓的狡猾表情。他短腿上虛張地挺著肥胖的大肚子，在他群黨麇集駐所時，除了他侄子外，他都不跟人講話。你可以看到這兩個人整天到處亂走，頭緊靠在一起，在進行永無休止的密談。」

「我已不再為鉸釘憂慮。一個人做那種傻事的能耐比你所想的還有限。我說『算了吧！』──就讓事情過去。我有足夠的時間沉思，時而我會想到庫茲。我對他不很有興趣。不。我仍然好奇，想要看看這個出來時具備有某種道德觀念的人，是否畢竟要爬到頂端，以及在他那兒他要怎樣開始他的工作。」

2

　　「有一天晚上，當我直著身子躺在我船上的甲板時，我聽到有聲音向著我接近——侄子和叔父正沿著河岸漫步。我又把頭枕在我的臂上，幾乎在瞌睡中不知置身何處，因為我好像聽到有人在我耳邊說話：『我像一位小孩子那麼不會傷害人，但我不願受人指揮。我是經理——或者不是呢？上面竟然命令我派他去那兒。不可相信。』……我知覺到那兩個人正在岸上，靠著船隻的前頭部分，就在我的頭下。我沒有動；我沒想到要動：我想睡。『真令人感到不愉快，』叔叔發著牢騷。『他要求行政當局派他到那兒，』侄子說，『想要顯示他有能力；因此我就接受指示了。看看那個人一定會具有什麼影響力。不可怕嗎？』他們都同意說『可怕』，然後說了幾句奇怪的話：『製造雨和美好的天氣——一個人——總部——拉著鼻子』——荒謬句子的幾個片斷驅走了我的睡意，所以當叔父說下面的話時，我幾乎全都清醒了，『天氣可能為你解除這個困難。他自己一個人在那兒嗎？』『是的，』經理回答；『有一次他派他的助手到河這兒來，捎給我一封信說：「把這個可憐的的魔鬼（指助手——譯註）趕出國土，不要費心送更多那樣的魔鬼來。我寧願自己一個人，也不要跟你能夠送來的那種人在一起。」那是一年多以前的事了。你能想像這樣的無禮嗎？』『從那時候起發生過什麼事嗎？』叔父聲音

粗啞地問。『象牙，』侄子突然說：『很多——上等的那一種——很多——從他那兒來的，這是最令人氣惱的。』『還有呢？』沉重的聲音發問。『發票，』對方迅速回答，像是子彈的發射。然後一陣沉靜。他們一直在談庫茲。」

「這時我完全清醒了，但也完全自在地躺著，靜靜地，沒有誘因來改變我的姿態。『那象牙怎麼來的？』老叔父咆哮著說，似乎很煩惱的樣子。對方說明是一隊獨木舟運來的，獨木舟由一位跟庫茲在一起的英國混血職員帶領；庫茲顯然想要回來，因為那時駐所沒有貨物和存品可以交換象牙，但走了三百哩後，忽然決定要回去，於是他自己一個人再坐一隻有四個划手的小獨木舟出發了，留下那位混血兒繼續帶著象牙沿河而下。這兩個傢伙對於人家做這種事的企圖似乎大為驚奇。他們找不出一個充分的動機。至於我，我似乎第一次見到庫茲。那是清晰的一瞥：獨木舟，四個划槳的土人，還有那位孤獨的白人，他忽然背向總部，背棄慰藉品，背棄對家園的懷念——把臉朝向荒野的深處，朝向他空虛而荒涼的駐所。我不知道動機。可能，他只是一個美好的人物，他為了工作本身而固守工作。他的名字，你知道，他們兩人沒說過他的名字一次，他們提到他時都是說『那個人』。那混血兒，就我所知，非常慎重而勇敢地經歷過一次困難的旅行，但卻被他們兩人指為『那個惡棍』。『惡棍』告訴他們說『那人』病很重——還沒完

全復元……然後兩個人走了幾步，來回漫步了一段距離。我聽到：『軍事哨站——醫生——兩百哩——現在很孤獨——不可避免的耽擱——九個月——沒有消息——奇怪的謠言。』他們又走近了，經理正在說話，『就我所知，沒人，除非一個流浪的商人——殘暴的傢伙，從土人身上掠奪象牙。』他們現在在談誰呢？我根據聽到的片斷猜想是在談庫茲地區裡的人，經理不喜歡這個人。『我們逃不過不公平的競爭，除非這其中一個人被吊，以儆效尤，』他說。『真的，』叔父抱怨著說：『吊死他！為什麼不呢？——任何事——在這個國家裡，任何事都可以做。我就是這麼說：這兒沒人，你知道，這兒沒人能危害到你的地位。為什麼？你占上風——你維持的時間比他們所有的人都長。危險是在歐洲；但我在離開那兒之前我注意——』他們走開並且耳語著，然後他們的聲音又升起。『不尋常的一連串耽擱並不是我的錯。我是盡力而為。』肥胖的人嘆氣。『很令人憂傷。』『還有他談話的惡毒荒謬，』另外一個繼續說：『他在這兒對我惹夠了麻煩。他說，「每個駐所應該像是路上的烽火，引導我們朝向更美的事物前進，當然是貿易的中心，但也是人性化，改良，指引的中心。」你想想 v 那笨驢！他要當經理！不，那是——』說到這兒他因過度氣憤而嗆住了，我微微抬起頭。我看到他們離我很近，我感到很驚奇——就在我下面。我可以把唾液吐在他們的帽子上。他們正看著地上，沉迷於思維之中。經

理正用一根細長的嫩枝打著雙腿；他那伶俐的叔父抬起頭。『自你出來後一直很好嗎？』他問。對方吃了一驚。『誰？我？哦！我像一道符咒——像一道符咒。但其餘——的哦，我的天！都病了。他們也死得那麼快，我都沒有時間把他們送出國土——真不可信！』『嗯。就是這樣，』叔父嗯哼著。『啊！我的孩子，信任這個——我說，信任這個（信任叢林會使所有代辦死光——譯注）。』我看到他伸展一隻短手，做了一個手勢，好像接收了森林、小河、濘泥、河流——似乎在太陽照耀的表面之前，卑鄙地一揮，向潛伏的死亡，隱藏的罪惡，深沉的心中之黑暗，發出邪惡的符咒。手勢很驚人，我都跳了起來，向後看著森林的邊緣，好像我期待那險惡的信心呈現給我某種答案。你知道我們心中有時湧起的那種愚蠢意念。高度的沉靜以其不吉祥的耐心面對這兩位人物，等待一種怪異的侵略消失。」

「他們在一起大聲地詛咒——我相信是出於純然的恐懼——然後假裝不去知道我的存在，轉回駐所。太陽降得低低的；他們兩人邊靠邊向前傾身，似乎正把兩個人長度不齊的奇異陰影痛苦地拖向山去，陰影在他們後面慢慢地拖曳過高高的綠草，沒有折彎一片葉身。」

「幾天以後，黃金探險隊進入耐心的荒野，荒野籠罩探險隊，像海水籠罩潛水夫一樣。很久以後，消息傳來：所有的驢都死了。我對於較無價值的人類的命運一無所知。他們，無疑的像我們其餘的一樣，發現到了他

們應得的東西。我沒有追問。我那時想到我很快就可以見到庫茲先生，心裡就感到很興奮。我說『很快』的意思是『比較』起來很快。當我們到達庫茲駐所下面的河岸時，剛好與我們離開小河的時候相隔有兩個月之久。」

「溯那條河而上就像旅行回到最早的原始太初，那時植物在地上盛長，大樹是萬物之王，一條空洞的溪流，一陣深沉的寂靜，一叢不可刺穿的森林。空氣溫暖、濃厚、沉重、懶散。太陽的燦爛並無樂趣可言，長長的航路繼續伸延，一幅荒棄的樣態，伸延進蔭蔽的遠處的陰沉裡。在銀色的沙岸上，河馬和鱷魚邊靠邊曬著陽光。寬闊的水流穿過一群滋長著樹木的島嶼；你在那河流上迷失了旅途，就像你在沙漠裡迷了路一樣，整日衝撞著潛伏的障礙，試圖去找出水口，直到你認為自己被鬼魂迷蠱，永遠與你一度知曉——在某些地方——在遠處——可能在另一種生存裡——的一切事物隔絕。總有一些時刻，一個人的過去湧回他的記憶裡，就像你有時沒有一刻餘暇一樣；但它來時是一種不安和嘈雜的夢，而這個由植物、水分和寂靜形成的奇異世界裡存的壓服一切的真實，在壓服一切的真實中，人們驚奇地記憶著這種不安和嘈雜的夢。而這種生命的寂靜卻一點也不像是一種『和平』。那是一種難以和解的力量之沉寂，在沉思著一種不可測的意向。這種寂靜以一種復仇的形貌注視著你。我以後就習慣它的注視了；我不再看到它的注

視了；我沒有時間。我必須繼續推測水道的位置；我必須觀察（大部分靠靈感）隱藏的河岸的徵象；我注意下沉的石頭；我正在學習如何在我還未魂飛魄散之前勇敢地咬緊牙齒，我用錨爪刮掉可怕而老奸巨猾的暗礁，這種暗礁會奪去脆弱船隻的生命，並且淹溺所有的朝聖者；我必須注意枯木的徵象，以便在晚上砍下，當作第二天產生蒸氣的燃料。當你必須注意那樣的事情，注意表面的偶發事件時，真實——我告訴你，真實——就消失了。內在的真理隱藏著——還算幸運，還算幸運。但我還是感覺到，我時常感覺其神祕的沉寂注視著我的伎倆，就像它注視你們在各自的繩索上表演一樣，代價是——多少呢？跌一跤二先令半——」

「客氣一點，馬羅，」一陣聲音咆哮著，我知道除了我自己以外至少還有一個聽眾。

「請你們原諒。我忘記還有其餘的代價，那就是心痛。實在說，假如把戲表演得好的話，代價又有什麼關係呢？你把戲玩得很好。而我玩得也不錯，因為我設法不在我第一次航行時讓那隻船沉沒。然而那對我是一樁奇蹟。請你想像一個蒙住眼睛的人駕駛一輛大馬車通過一條惡劣的路。我可以告訴你，我為那件事冒汗和戰慄。畢竟，對一位船員而言，把他一直駕駛的船底部撞個洞，這是不可原諒的罪過。沒人會知道，但你從不忘記那砰咚一聲——呃？正對心中的一擊。你記得它，你夢到它，你在夜裡醒來，想到了它——幾年以後——然後

丟盡了臉。我不想說船一直順利航行著。船不止一次必須稍稍涉水而過，叫二十個野人在周圍濺水推動。我們在途中招募這些人當水手。不錯的人兒——野土人——很守分。人們可以跟他們一齊工作，我感謝他們。而畢竟，他們並不在我面前互相吃對方的肉；他們隨身帶有河馬肉，河馬肉腐化了，我的鼻孔聞到荒野的神祕。喝！我現在可以嗅到了。我船上有經理，三四個拿著棍棒的朝聖者——一切都完整無缺。有時候。我們看到一個河岸附近的駐所，緊靠著一個無名地方的郊外，白人自一間倒塌的小屋衝出來，做出雀躍驚奇和歡迎的手勢，似乎顯得很奇異——外表看來好像被一種魔法所迷。『象牙』兩個字會在空中響亮一會——我們又航進寂靜裡，沿著空寂的河域，繞著寂然的河灣，在我們彎道形成的高牆之間，發出空洞的轟然聲，回應出船尾舵輪的沉重擊打聲。樹木，樹木，成百萬的樹木，巨大，廣袤，高高地向上伸展；而在樹腳下，河岸緊抱著河流，灰污的小小輪船爬動著，像一隻懶散的甲蟲在一處高廊的地板上蠕動。使你感到自身很渺小，很迷失，然而卻不是完全令人沮喪，就是那種感覺。畢竟，縱使你是那麼小，污髒的甲蟲還是繼續爬動——你就是願意地這麼爬動——你就是願意地這麼爬。我不知道朝聖者想得到一些東西的地方。對我來講，牠是爬向庫茲——絕對是這樣；但當蒸氣笛開始漏氣時，我們就爬得很慢了。河域在我們面前展開，在後面圍合，好像森林已經

懶散地跨過水面，來阻擋我們的回程。我們一再深入黑暗中心。那兒很安靜。晚上，樹幕後的滾鼓會時常襲向河流，微弱地停頓在那兒，好像翱翔於高踞在我們頭上的空中，一直到東方露出魚肚白。其意義是否為戰爭、和平，或祈禱，我們不知道。一陣寒冷的寂靜下降，預報黎明的來臨；砍材工人睡了，他們的火堆微微燃著；嫩枝的斷折聲會使你吃驚。我們是史前地球的流浪者，那地球像是一個不為人知的星球。我們可以想像我們自己是第一批占有一筆可咒遺產的人，不要遭受相當的痛苦和過度的辛勞，而要被人壓服。但忽然間，當我們繞著一處河灣掙扎前進時，就會瞥見燈心草形成的牆壁，尖尖的草屋頂，一陣喊叫，一團黑色的肢體，一堆拍掌的手，頓足的腳，擺搖的身體，滾動的眼睛，就在沉重而寂然的樹葉低垂下。船在一陣黑暗和不可捉摸的狂亂邊緣上，緩慢地費力前進。史前的人類正詛咒我們，向我們祈禱，歡迎我們──誰能說是那一種呢。我們無法了解我們的環境；我們像鬼魂似地滑溜過去，又懷疑又暗中受驚，像正常的人在瘋人院面臨一次熱狂的暴動一樣。我們不能了解，因為我們太遠了，並且不能記憶，因為我們正在太初時代的夜晚旅遊，那些時代已經消失了，幾乎沒留下蹤跡──並且沒有記憶。」

「地球似乎很可怕。我們慣於注視一個被征服的怪物那種羈絆的形式，但那兒──你可以注視著一件怪異而自由的東西。這件東西很可怕，而人是──不，他們

並非無人性。嗯，你知道，這是最惡劣的——懷疑他們是非人類。一個人慢慢會有這種懷疑。他們吼叫，跳躍，旋轉，做出可怕的臉相；但使你興奮的正是：想到他們的人性——像你們一樣的人性——想到你與這野蠻而熱情的喧騰有遠親關係。醜陋。是的，足夠醜陋；但假如你足夠有人性的話，你自己會承認，在你自身之內，對那噪音的可怕明白性也有最微弱的反應跡象，一種微弱的懷疑，懷疑在那噪音之內有一種意義，這種意義，你——你離太初年代的夜晚很遙遠——不能了解。為什麼不能了解呢？人心是可以了解一切事物的——因為一切事物都在人心之內，不管過去的或將來的事物。畢竟人心之內有些什麼呢？歡欣，懼怕，悲愁，忠誠，勇猛，憤怒——誰能說是那一種？——除了真理——剝去時間外衣的真理。讓愚人張著大嘴並且顫抖著——人知道，並且能夠不眨眼地看著。但他得跟那些在海岸的人一樣具有那麼多人的成分。他必須以其真正本質——以他自己天生的力量——去面對那真理。原則沒有用。東西，衣服，美麗的破衣——用力一搖就會飛散掉的破衣。不，你要一種審慎的信仰。這種可怕的喧囂很吸引我——是嗎？很好，我聽到，我承認，但我也有一種聲音，而不管為好為壞，我講的話是不能鎮壓而沉靜下來的。當然，一個笨人，一方面由於純然的恐懼，一方面由於美好的感情，常常是安全無恙的。誰在哼嗯？你懷疑我沒有到海岸狂叫和跳舞？嗯，沒有——我沒有去。

舒讀網「碼」上看

<table>
<tr><td>廣　告　回　信</td></tr>
<tr><td>板 橋 郵 局 登 記 證</td></tr>
<tr><td>板 橋 廣 字 第 83 號</td></tr>
<tr><td>免　貼　郵　票</td></tr>
</table>

235-62
新北市中和區中正路800號13樓之3
印刻文學生活雜誌出版有限公司　收
　　　　　　　　　　讀者服務部

姓名：＿＿＿＿＿＿＿＿＿＿＿＿＿　　**性別：**□男　□女

郵遞區號：＿＿＿＿＿＿＿

地址：＿＿＿＿＿＿＿＿＿＿＿＿＿＿＿＿＿＿＿＿＿＿＿

電話：（日）＿＿＿＿＿＿＿＿＿　　（夜）＿＿＿＿＿＿＿＿＿

傳真：＿＿＿＿＿＿＿＿＿

e-mail：＿＿＿＿＿＿＿＿＿＿＿＿＿＿＿＿＿＿＿＿＿

INK

 讀者服務卡

您買的書是：_____

生日：　　　年　　　月　　　日

學歷：□國中　　□高中　　□大專　　□研究所（含以上）

職業：□學生　　□軍警公教　□服務業

　　　□工　　　□商　　　□大眾傳播

　　　□SOHO族　　　　□學生　　□其他_____

購書方式：□門市_____書店　□網路書店　□親友贈送　□其他_____

購書原因：□題材吸引　□價格實在　□力挺作者　□設計新穎

　　　　　□就愛印刻　□其他_____（可複選）

購買日期：_____年_____月_____日

你從哪裡得知本書：□書店　□報紙　　□雜誌　□網路　□親友介紹

　　　　　　　　　□DM傳單　□廣播　□電視　　□其他

你對本書的評價：（請填代號　1.非常滿意　2.滿意　3.普通　4.不滿意）

　　　　　　　　書名_____　內容_____封面設計_____版面設計_____

讀完本書後您覺得：

1.□非常喜歡　2.□喜歡　3.□普通　4.□不喜歡　5.□非常不喜歡

　您對於本書建議：

感謝您的惠顧，為了提供更好的服務，請填妥各欄資料，將讀者服務卡直接寄或傳真本社，
歡迎加入「印刻文學臉書粉絲專頁」：http://www.facebook.com/YinKeWenXue 和舒讀網
（http://www.sudu.cc），我們將隨時提供最新的出版活動等相關訊息與購書優惠。
讀者服務專線：（02）2228-1626　讀者傳真專線：（02）2228-1598

美好的感情，你說？美好的感情，去他的！我沒有時間。我必須攪弄白色的鉛條和條條的毛氈，幫船上的人把繃帶放在那些漏氣的蒸氣管上——真的是這樣。我必須注意駕駛，戰勝那些暗礁，無論如何要使這隻脆弱的船行進。這些事情夠明顯，較聰明的人不會去做。而在空閒的時候我必須照顧那位當火夫的土人。他是一個改良品種；他能夠使垂直鍋爐生起火來。他就在我的下面，並且說真的，看著他就像看著一隻狗穿著一件滑稽的褲子和戴一頂羽帽，用後腳走路那樣有啟發作用。幾個月的訓練已經改變了這位真正美好的人兒。他顯然露出大無畏精神，努力斜視著蒸氣計器和水分計器——他也有整齊的牙齒，可憐的惡魔，他腦袋上的頭毛剃成奇異的款式，兩頰各有三處裝飾性的疤痕。他應該在河岸上拍著手，跺著腳，但他反而辛苦地工作，成為奇異巫術的奴隸，滿腦是改良事物的知識。他很有用途，因為有人教導過他；他所知道的是——假如那透明的東西裡的水不見了，鍋爐裡的惡魔會因大感口渴而發怒，並且會施以可怕的報復。所以他流著汗，生著火，恐懼地注視著玻璃（他手臂上綁著一個用破布紮成的臨時符咒，還有一片磨光的骨頭，像錶那麼大，平穿過他的嘴唇），而長著樹木的河岸慢慢地自我們的眼前滑溜而過，短促的嘈聲留在身後，無限哩的沉寂——而我們的船繼續爬行，爬向庫茲。但暗礁太多了，水險惡而低淺，似乎真的有一個陰鬱的魔鬼在鍋爐裡，這樣，我和

那位火夫都沒有時間去探究我們腦中那些令人悚然的思想。」

「在『內部駐所』下面約五十哩的地方，我們見到一間用蘆葦搭成的小屋，一根傾斜而可憐的木柱，上面有一塊無法辨認的破布，原來是一支什麼旗子，還有一堆堆得整齊的木頭。這倒是意外的事。我們來到河岸，在那堆木材上發現一塊平板，上面有褪色的鉛筆字。我們辨認出上面寫著：『給你木頭。快呀。小心接近。』還有簽名，但已認不出來──不是庫茲──比『庫茲』兩字更長。快一點。什麼地方？『小心接近。』我們沒有這樣做。但這警告不可能是指接近後才能找到的地方。上面有什麼不對勁的地方。但什麼不對勁？──多少程度？那是問題。我們責難那電報文體的低能。附近的叢林沒什麼徵示，也無法讓我們看得很遠。一張紅斜紋布縫成的破門簾掛在小屋的門口，憂傷地在我們面上飄垂著。住處被拆除了；但我們可以看出不久以前曾有一個白人在那兒住過。那兒有一張粗糙的桌子──一塊木板放在兩根柱子上；一堆垃圾積在一個黑暗的角落，並且我在門口撿到了一本書。書的封面已經掉了，書頁被手指磨損成一種極端骯髒柔軟的狀態；但背面卻用白棉線小心地重新縫訂過，看起來還很清潔。那是一樁非凡的發現。書名是《海員要覽》，作者叫托色或托遜──像這樣的名字──英國皇家海軍船長。書看來是很難讀，裡面有圖解和討厭的圖表，而版本有六十年的歷史。我盡

可能謹慎地拿著這件驚人的古物，唯恐它在手中融化掉。在書裡面，托遜（或托色）熱誠地探討錨鏈和索具的阻力，以及其他這樣的問題。並不是一本很吸引人的書，但第一眼你可以看到作者有一種專心的意向，對於正確的工作方法有一種誠實的關切，這使很多年以前寫出的這本小書，比一盞專業的燈光發出更大的光輝。單純的老水手，談著錨鏈和滑車，使我遇見了某種絕對真實的東西，處於一種美妙的激動狀態，忘記了叢林和朝聖者。那個地方有這樣一本書，是非常奇妙的事；但更驚人的是寫在邊緣的鉛筆注釋，並且清楚地指引原文，我不能相信我的眼睛！那是密碼！是的，看起來像密碼。你去幻想吧，幻想一個人沉重地拿著那樣一本書到這與世隔絕之地，研究它——並且做筆記——用密碼！那是一種過度的神祕。」

「我已有一段時間微微知覺到一種惱人的聲音，我抬起頭時，木堆已不見，經理以及所有朝聖者正從河邊對著我叫。我把書放進我的口袋裡。我可以確實告訴你，不去讀讀這本書就好像強迫自己放棄古老而堅固的友誼保障。」

「我發動蹩腳的引擎。『一定是這個可憐的商人——這個入侵的人。』經理叫著說，惡意地往後看著我們離開的地方。『他一定是美國人。』『假如他不小心的話，他也免不了要陷入苦惱的境地。』經理暗暗地喃喃著。我以假裝的天真口吻說，世界上沒有人免於苦

惱。」

「水流更急了，輪船似乎奄奄一息，船後拖輪懶散地漂垂著，我墊起腳尖傾聽著船隻下一次的機器心跳，因為實在說，我時刻都在等著這隻可憐的船停下來。那就像注視著生命的最後一閃。但我們仍爬行著。有時我會選擇前面不遠地方的一棵樹，來衡量航向庫茲的進展行程，但在我們接近之前，我總會迷失了那棵樹。兩眼那麼久久地注視一件東西，這對人類的耐心而言是太過分了。經理顯示出一副美好的認命神色。我焦急而生氣，且並在內心爭辯著是否要公開與庫茲談話；但在我還不能得到結論時，我就想到，我的話，或我的沉默，實在說，我的任何行動，只會是一種無益的行動。人們知道或不知道，有什麼關係呢？誰是經理，又有什麼關係呢？人有時會有這種內省的一閃。這件事情的本質隱藏在表面的深處，我雙手所不能及，我干涉的力量所不能及。」

「第二天傍晚，我們判斷離庫茲的駐所有大約八哩之遙。我要繼續推進，但經理神情沉重，告訴我到達那兒的行程很危險，而太陽已下降得很低，所以最好待在我們停住的地方，等到第二天早晨。他更指出說，假如我們遵照『小心接近』的警告，我們必須在白天前進——不是在黃昏或夜晚。這是足夠明智的。八哩對我們而言也就是等於幾乎三小時的航程，而我也可以看到河域上端可疑的漣波。無論如何，我對行程的耽擱真是氣惱

得無以形容，並且也是最沒理由的氣惱，因為經過了這麼多個月以後，多待一晚並沒有多大關係。由於我們有很多的木材，又知道有警告的字眼，所以我就在河流的中央拋錨。河域狹窄、平直，有高高的兩緣，像鐵道的圍欄。暮色在太陽西下很久以前就滑溜進河域。河水平滑而急速地流動，但河岸上卻一片啞然的靜寂。活著的樹被爬籐和每堆樹林下的活樹叢糾結在一起，它們可能已經變成石頭，甚至最細長的嫩枝，最輕快的樹葉也變成石頭了。那不是睡眠——似乎不自然，像一種昏然的狀態。連最微弱的聲音都聽不到，你驚奇地看著，開始懷疑你自己的耳朵聾了，然後夜晚忽然來臨了，也把你轉化成盲人。大約在早晨三點鐘時，就有什麼大魚在跳躍，響亮的濺水聲使我不禁跳起來，好像槍走了火一樣。太陽升起時，有一陣白霧，很溫暖而黏糊糊的，比黑夜更使人看不到東西。霧不移動也不前進，就是停在那兒，站立在你四周，像什麼固體的東西。可能在八點或九點鐘時，霧就像百葉窗上拉一樣消失。我們可以瞥到大群高大的樹木，以及廣袤而糾纏的森林，上面掛著一輪燃燒著的太陽小球——一切都完全地靜寂——然後白色的百葉窗又平滑地下降，好像在上油的溝裡滑動。我命令已經開始提起的錨鏈再度放下。在錨鏈發出一種模糊的喀嗒聲還未停下來時，有一陣叫聲，一陣很高的叫聲，好像具有無限的悲戚成分，慢慢地升到暗晦的空氣裡。聲音停止了。一陣抱怨的擾攘，在野蠻的不和諧狀

態裡變調，充塞了我們的耳朵。其純然的出人意表使我的毛髮悚然。我不知它如何使別人震驚，我認為好似霧氣本身在尖叫，騷動和悲哀地鼓譟，那樣突然，並且顯然是同時從所有的方向傳來。鼓譟達到最高潮時，幾乎不可容忍的極端尖叫急速爆發，然後尖叫突然停住，使我們僵直在各種愚蠢的樣態裡，並且倔強地傾聽著那幾乎是嚇人和極端的沉靜。『天啊！是什麼意思──』一個朝聖者在我肘旁結結巴巴地說，他是一個矮胖的人，頭髮呈淡茶色，紅色的鬍子，穿著長筒鞋，粉紅色的睡衣塞進他的短襪。另外兩個則張著嘴足足有一分鐘之久，然後衝進船上小木屋，即刻又衝出來，站在那兒射出受驚的眼光，手中準備好溫徹斯特連珠槍。我們能夠看到的只是載運我們的船隻，船隻的輪廓變得模糊，好像正要融化的樣子，而在船隻周圍，環繞著一帶霧色的水，大約兩呎寬──如此而已。就我們的眼睛和耳朵而言，世界的其餘部分是烏有之地。只是烏有之地。消失了，不見了；突然消失，沒留下聲一耳語或一片陰影。」

「我向前航進，下令立刻把錨鏈拉近，以便準備在需要時同時捲起船錨和移動船隻。『他們會攻擊嗎？』一個可怕的聲音低語著。『我們全部會在這陣霧中被宰割，』另一個聲音喃喃著。大家的臉孔因緊張而抽搐，手輕微地顫抖著，眼睛忘記眨動。看到白人和黑人水手表情的對照很有意思，黑人水手跟我們一樣，對河流的

那一部分都感到陌生，雖然他們的家只是在八百哩遠的地方。白人當然大為心亂，此外，他們因這樣一種暴烈的騷擾而痛苦受驚，顯出一種奇異的表情，其他人露出一種機警而自然感興趣的表情；但他們的臉孔在本質上是安靜的，甚至一兩個拉著錨鏈時露齒而笑的人也是一樣。有幾個交換了短促、嗯哼的談話，這樣似乎滿足地把事情解決了。他們的頭子是一個年輕、寬胸的黑人，嚴肅地穿著暗藍而有緣飾的布衣，鼻孔可怕，頭髮全都巧妙地向上捲成油滑的小圈，他站在我身旁。『啊哈！』我說，只是為了表示友善。『抓住他們，』他突然說，充血的眼睛大張，尖銳的牙齒一閃──『抓住他們，送給我們。』『給你們，呃？』我問；『你要對他們怎樣？』『吃他們！』他簡短地說，把手肘依靠在橫木上，向外看進霧中，表現一種尊嚴和深思的態度。假如不是我想到他和他的人兒一定是很餓了，我一定會著實嚇了一跳：至少這個月來，他們飢餓的程度一定一直在繼續增加。他們被雇用已有六個月之久（我認為他們之中沒有一個人有清晰的時間觀念，像我們置身在無數年代中所具有的觀念。他們仍然屬於時間的開始──並沒有繼承經驗來教導他們），而當然，只要有一張契約，上面按照河流區域所訂的什麼滑稽法律填了字，人們也不去管他們要如何生活了。當然，他們身邊帶有一些河馬肉，河馬肉總是無法吃很久──縱使朝聖著者在一次驚人的吵鬧之中沒有把大量的河馬肉丟出船外。那次爭

吵看來像一次高壓的行事；但那真是一種合法的自我防衛。你不能在醒著、睡覺或吃著時呼吸著死河馬的氣味，而同時又過著危險不定的生活。此外，他們每星期給他們三截銅線，每截大約九吋長，其理由是：他們要以銅線的時價在河邊鄉村購買物品。你可以看出這並沒有什麼用。不是沒有鄉村，不然就是人們有敵意，或者那位與我們其餘的人一樣靠錢過活的經理（有時人家添送他一隻老山羊）為了一些多多少少奧妙的理由，不願讓船停下來。所以，除非他們吞下銅線，或者把它做成釣鉤釣魚，不然我看不出他們奢侈的薪水對他們有什麼好處。我必須說，付給的時間很固定，就像有信譽的貿易行那樣。至於其餘的，唯一可吃的東西——雖然看起來一點也不像能吃的樣子——他們所擁有能吃的唯一東西是幾塊像是半熟的麵塊，呈骯髒的淡紫顏色，他們將之包在樹葉裡，時而吞下一片，但看起來那麼小，似乎是為了外表，而不是為了食用的任何嚴肅目的而製的。看在吃人的飢餓魔鬼份上，為什麼他們不起而攻擊我們——他們有三十個之多，我們只有五個——一舉來一次斬獲？每當我想到這裡，我都要驚奇一番。他們是巨大而有力氣的人，沒有判斷結果的能力，雖然他們的皮膚不再光滑，他們的肌肉不再堅硬，但仍然有勇氣，有力量。而我看到某種壓抑的成分，一種或然率無法估計的人類祕密，已經顯示在他們身上。我看著他們，迅速地產生一種興趣——不是因為我想到不久我可能被他們所

吞食，雖然我向你們承認，就在那時我體察到——好像一種新的啟示——朝聖者看來是那麼虛弱有病，而我希望，是的，我熱烈地希望我的樣子不是那樣——什麼呢？——那樣——不引起食慾：一絲幻想的虛榮，與那時充滿我日子裡的夢般感覺配合得很適當。可能，我也有點發燒。一個人不能老是把指頭放在脈搏上。我常常『有點發燒』，或一點其他的毛病——荒野的調皮觸擊，是在更嚴肅的屠殺（屠殺到時就會來）之前先呈現的預備性小動作。是的，我看著他們，就像你看著任何的人類一樣，他們接受一種無情的肉體需要的試驗，接受試驗時產生的衝動、動機、能力、弱點，使我感到一種好奇心。壓制！什麼可能的壓抑呢？是迷信、厭惡、耐心、畏懼——或某種原始的恐怖？沒有一種畏懼能夠抵得住飢餓，沒有一種耐心可以磨損飢餓，厭惡就是不在有飢餓的地方存在；而至於迷信、信仰，以及你可能稱為原則的東西，它們比微風裡的殼屑還微不足道。難道你不知道正在徘徊中的飢餓之魔鬼，其惱人的折磨，其險惡的思想，其陰沉而沉思的凶猛？嗯，我知道的，如要正當地跟飢餓作戰，必須使用一個人一切天生的力量。面對生離死別，侮辱和靈魂的沉淪——真的比這種長久的飢餓還容易。雖悲慘，但卻是事實。而這些人沒有世俗的理由讓他們有顧慮。壓抑！這等於期待一隻徘徊在戰場屍體中的鬣狗壓抑自己不去吃屍體。但我面對著事實——事實令人目眩，像深海中的泡沫，像一個不

可測的謎之漣漪，一團更大的神祕——當我想到它時——
其神祕的程度大於這種野蠻的騷攘中的一種奇異而不可
解的特徵（決死悲傷的特徵），而那騷攘在河岸上，在
目盲白色霧氣後橫掃我們而過。」

「兩個朝聖者以急速的低語爭吵著哪個是正確的河
岸。『左邊。』『不，不，你怎能這麼說？右邊，右
邊，當然。』『很嚴重，』經理的聲音在我後面響起，
『在我們到達之前，假如庫茲先生發生什麼事的話，我
就淒慘了。』我看著他，一點也不懷疑他的熱誠。他就
是那類希望維持體面的人。那是他的壓抑。但是當他喃
喃講出『馬上繼續航行』的話時，我甚至不費神去回答
他，我知道，他也知道，那是不可能的。假如我們放棄
停泊之舉，我們就會像飄浮在空中——在太空之中。我
們無法說出我們正要到那兒——是上航或下航或橫越——
一直到我們到達某一個河岸，最先我們將不知道到達那
一個河岸。當然我沒動。我不想來一次粉身碎骨。你不
能想像一處更致人於死命的沉船地方。不管是否馬上淹
死，我們一定會很快地以某種方式死亡，『我授權給你
從事一切冒險，』他停了一會說。『我拒絕進行任何冒
險，』我簡短地說；這正好是他期望的回答，雖然我的
語調可能使他驚奇。『嗯，我必須敬從你的判斷，你是
船長，』他很謙恭地說，我把肩轉向他，表示我的感
激，然後注視霧色之中。霧要繼續多久呢？這是最無望
的守望。要接近這位在邪惡樹叢裡苦尋象牙的庫茲，就

要受到很多危險的攻擊，好像他是一位被施以魔法的王子，正睡在神話中的城堡裡。『你認為他們會攻擊嗎？』經理以一種機密的語調問。」

「我不認為他們會攻擊，有幾個顯明的理由。霧濃，此其一。假如他們坐在獨木舟裡離開河岸，他們會迷失於霧中，就像假如我們企圖移動的話，我們也會迷失。還有，我判斷兩岸的叢林很不容易穿過——然而裡面卻有眼睛，那些已看到我們的眼睛。河岸樹叢真的很濃密；但後面的樹叢卻顯然可以穿過。無論如何，在霧消散的短短期間，我在河域任何地方，都看不到獨木舟——真的，沒有與輪船並肩的獨木舟。但我之所以認為攻擊不可能是基於喧譟的性質——我們已經聽到的叫聲的性質。而那種叫聲沒有顯兆『敵意意向』的可怕性質。叫聲雖然出人意表，狂野而激烈，但卻給了我一種不可抗拒的悲愁印象。由於某種理由，這些野人看到了船隻後充滿了不能壓抑的悲傷。危險（假如有的話），我說，是來自我們接近一種放縱的偉大人類熱情。甚至極端的悲傷，最後也可能以激烈的方式發洩出來——但更通常的是採取冷漠的形式⋯⋯」

「你應該看到朝聖者在瞪視！他們無心笑，甚至無心誹謗我，但我相信他們認為我瘋了——可能嚇瘋了。我發表了一次定期的演說。我親愛的孩子，費心也沒有用。保持警戒嗎？嘿，你可能猜我在注視著霧，等著消散的徵象，就像貓注視著老鼠似地；但不管怎麼樣，我

們的眼睛不比我們被埋在一堆粗棉花幾哩深的地方時更
有用。感覺起來也像這樣──悶塞、溫暖、阻壓。此
外，我所說的，雖然聽來放肆，卻是絕對與事實符合。
我們以後所謂的『攻擊』實際上卻是退卻的企圖。這動
作絕非攻擊性的──甚至不是通常意義的抵禦性：它是
在冒險的壓力下進行的，而在本質上純粹保護性的。」

「事情進展下去，我應該說，是在霧升起後兩小
時，而其開始是在一個點，粗略來講，大約在庫茲駐所
下面一哩半的地方。我們剛繞著一處彎道掙扎前進，我
那時看到在河流中央有一個小島，僅是一堆亮綠的草
丘。那是唯一能看到的，但當我們更前進航到河域時，
我看到那是一條長長沙岸的前段，或者應該說是一段淺
灘伸展到河流的中央。淺灘褪了色，剛好與水面平，可
以看到整個地皮正好在水下，恰像一個人的脊骨在皮膚
之下伸延過背部的中央。現在，就我看到的來說，我可
以把船開到右邊或左邊。當然，我對兩邊的水道都不清
楚。河岸看來都很相像，深度看起來都相同；但據人家
告訴我，駐所是在西邊，所以我自然地駛向西邊的水
道。」

「我們一進入水道，我就知覺到它比我想像的狹窄
多了。我們的左邊有長形而不斷的沙洲，右邊是一個高
而陡的河岸，濃密地長著樹叢。樹叢之上，樹木密集林
立。嫩枝茂密地垂掛在水流之上，遠處連接遠處的地
方，某一種樹木具有的高大肢體硬直地射到河流之上。

那時剛好是正午，森林的表面顯得陰鬱，一團寬大的陰影已經落在水上。我們在這陰影裡航行而上——很緩慢地，你想像多慢就多慢。我把船轉向岸邊——測桿告訴我，靠近河岸的地方最深。」

「船上我的一個忍耐著飢餓的朋友，正在我下面的船頭測量水位。船隻恰像一隻鋪艙板的盤艇。在甲板上有兩間麻栗樹木建成的小屋，有門及窗戶。鍋爐在前端，機器恰在船尾。整隻船上面有一個輕便的遮頂，用支柱支持著。煙突穿過那遮頂，在煙突前面有一間用輕木板建成的小屋作為駕駛室之用。裡面有一張長椅，兩張摺凳，一桿上子彈的馬提尼槍，一張小桌子，以及駕駛盤。前面有一扇寬廣的門，海邊有一個寬大的百葉窗。當然窗和門都常常打開著。我停息在門前那屋頂的極前端，消磨著我的時間。晚上，我睡（或試著睡）在長椅子上。一個屬於某一個海岸部落的黑人運動家當舵手，他曾從我可憐的前任船長那邊接受過教育。他戴著一對銅耳環，穿著一件藍色的布外衣，從腰部垂到腳踝，他認為自己就是整個世界。他是我曾看過的最反覆無常的愚人。如果你在旁邊，他就裝模作樣地駕駛著；但假如他看不到你了，就馬上成為頹喪恐懼的犧牲品，並且很快就讓船隻顛顛簸簸起來了。」

「我正在向下看著測桿，看到每試一次，它就突一點到那河流外面，感覺到很惱怒，就在那時候，我看到管溫桿的人忽然放棄了任務，伸直身子躺在甲板上，甚

至不費心去把桿子拉進來。可是他還握著桿子，桿子在水中拖曳。同時，火夫（我可以看到他在我的下面），突然在他的鍋爐前面坐下來，急忙低下他的頭。我吃了一驚。然後我必須非常機敏地看著河流，因為在航路裡有暗礁。棍子，小小的棍子，正四處飛揚──濃密地飛揚：它們正在我鼻前地方颼叫，在我下面掉落，在我後面擊打著我的駕駛室。整個這段時間，河流、海岸、森林都顯得很安靜──完全地安靜。我只能聽到船後拖輪沉重的濺水砰咚聲，以及這些棍子的啪噠聲。我們笨重地避過暗礁。是箭，天呀！我們正被人射擊！我迅速地走進去，關起靠陸地那邊的窗簾。那笨舵手，手在梯磴上，正把膝蓋舉得高高的，跺著腳，咬牙切齒，像一隻上了轡的馬，混他媽的蛋！而我們正在河岸十呎內搖晃。我必須向右傾斜，以擺動沉重的百葉窗，而在與我同一平面的樹葉中，我看到一個人的臉孔，很凶狠而不停地看著我；然後忽然我眼睛像被人揭開一層面紗。我在深陷於纏結的陰鬱中辨認出赤裸的胸膛、手臂、兩腿、發亮的眼睛──樹叢正蜂擁著移動著的人類形體，發著銅色的亮光。嫩枝搖著、晃著，發出沙沙響，箭自嫩枝中飛出，然後百葉窗關起來了。『一直向前駕駛，』我向舵手說。他僵硬地直著頭，臉向前；但他的眼睛滾動著，他繼續行駛，輕輕地舉起腳，放下腳，嘴中吐出一點泡沫。『安靜點！』我生氣地說。我不如去命令樹不要在風中搖動來得容易。我衝到外面。在我下面的鐵

甲板上，人們的腳在亂動著；混亂的聲音嘈雜；一個聲音叫著，『你能向後轉嗎？』我看到前面水上一個V字形的漣漪。什麼？另一個暗礁，一排槍在我腳下發射起來。朝聖者已用他們的溫徹斯特連珠槍開火了，正把鉛彈射向樹叢。一片濃煙升上來，慢慢地向前散開。我對著濃煙咒罵。現在我既看不到漣漪也看不到暗礁。我在門口窺視著，而箭簇蜂擁而來。上面可能塗有毒藥，但看來卻好像殺不了一隻貓。樹叢開始吼叫。我們的砍材工人發出一聲戰號似的叫喊；正位於我背後的一桿槍的響聲震耳欲聾。我別過頭，當我衝向舵輪時，駕駛室還是充滿嘈雜聲和煙霧。那愚笨的黑人已把每樣東西都丟下河，以便把百葉窗打開，以及放射馬提尼槍。他站在寬廣開口之前，瞪著眼，而我高聲叫他回來，同時我把突然扭轉的船轉直。縱使我想轉也沒有讓我轉的餘地，暗礁就在前頭離那可咒的煙霧中很近的地方，不能再耽擱了，所以我把船擠進河岸——剛好駛進我知道深度的河岸。」

「我們慢慢地沿著凸出的樹叢前進，破裂的嫩枝和飛舞的葉片在旋轉著。下面的槍火忽然停止了，我早知子彈用盡時就會停止的。我聽到一陣急速而斷續的颼颼聲橫切過駕駛室，於是我把頭向後一擺，颼颼聲橫切過一個百葉窗洞，又從另一個窗洞橫切而出。我看看那個正在搖動空槍對著海岸喊叫的瘋舵手，看到模糊的男人形體正彎著腰跑著、跳著、滑著，顯得清楚、不完全、

虛幻無常。有一種巨大的東西在百葉窗前的空中出現，
槍掉入海中，那人迅速向後退走，別過頭看著我，露出
不尋常、深沉、親密的神色，倒在我的腳下。他頭的一
邊兩次碰到舵輪，那看來像長莖的東西末端在周圍喀喀
作響，翻倒一張小小的摺椅。看來好像是他從岸上一個
人身上扭奪那東西後，就失去了平衡。稀薄的煙吹開
了，我們脫離了暗礁，我向前看，看清在另外大約一百
碼的地方可以自由把船轉開，離開河岸；但我的腿感到
很熱很濕，我必須向下看。那男人用背滾動著，抬頭一
直看著我；兩隻手緊抓著長莖。那是一隻矛的手柄，在
拋過或者戳過開口時射中他的身體，正中肋骨的下方；
矛刃已經刺進去，看不到，造成很可怕的深傷口；我的
鞋子滿是血；一池血靜靜凝在那兒，在舵輪下發著紅色
的亮光；他的眼睛閃著一種驚人的光彩。槍彈又齊發
了。他焦急地看著我，緊抓著矛，好像那是什麼珍貴的
東西，樣子像是怕我會設法從他身上奪去似的。我必須
努力把眼睛避開他的注視，注意駕駛。我用一隻手在我
頭上摸索著汽笛的繩線，並且匆忙而突然地接連發出尖
叫聲。憤怒和戰號似的喊叫聲所形成的紛亂立刻被制止
了，然後從森林的深處，發出一種很令人不寒而慄而持
久的悲恐和完全失望的哀叫，令人想像到那哀叫是在跟
著地球上最後的希望一起飛逸。在樹叢裡有一陣大大的
騷動；如雨的箭簇停下來了，幾顆下落的子彈尖銳地爆
響──然後沉寂，在沉寂中船後拖輪的無力打擊聲顯明

地傳到我的耳朵。我用力把舵輪轉向右邊，就在那時刻，那穿著粉紅睡衣的朝聖者顯出很狂熱而激動的樣子，在門口出現了。『經理叫我——』他用正式的語調說，然後忽然停了下來。『上帝！』他說，瞪視著那個受傷的男人。」

「我們兩個白人站在他上方，他那發亮而探詢的眼光把我們兩個人包圍住了，我說，看來好像他要馬上以一種不可解的語言向我們問一個問題；但他卻死了，沒有發出一絲聲音，肢體也沒移動一下，肌肉也沒抽動一下。只是在最後的時刻，好像回應我們不能看到的某種記號，回應我們不能聽到的某種低語，他沉重地皺著眉頭，而他皺眉頭的樣子為他不祥的死亡面具加上一種不可懷想的陰沉、沉思和威脅的表情。探詢眼神的光彩迅速地褪色而成為空無的玻璃狀。『你能駕駛嗎？』我熱切地問這位穿粉紅睡衣的代辦。他一副很懷疑的神色，但我抓住他的臂膀，他馬上了解我問他要不要駕駛。告訴你們真話，我非常急於換掉我的鞋子和襪子。『他死了，』那人喃喃，甚為感動的樣子。『當然！』我說，像發了瘋似地拉著鞋帶。『哦，還有，我想庫茲先生這時候也死了。』」

「那時，我們心中主要的就是想到這件事。有一種極端的失望之感，好像我已發現自己一直在完全不實際地努力追求什麼東西。假如我航行了這麼遠途的唯一目的，是跟庫茲先生談話，那麼我會感到厭惡不過了。跟

……談話，我把一隻鞋子拋到船外，同時了解到那恰就是我一直期望做的事──跟庫茲先生說話。我奇異地發覺，我從沒把他想像成『做什麼』，而是想像成『談什麼』。我不向自己說，『現在我將永不看到他，』或者『現在我將永不握他的手，』而是說，『現在我將永不聽到他說話，』這人以其聲音自我呈現。當然並不是我沒有把他與某種動作連在一起。我不是聽到人家以嫉妒和敬慕的語調說過嗎？說他收集、交換、欺騙或偷取的象牙比其他代辦得到的合在一起還多嗎？那並不重要。重要的是：他是一個有天賦的人，他一切的天賦，那明顯表露出來的天賦，那伴隨有一種真正表現感的天賦，就是他談話的能力，他的話語──那種表達的天賦，那令人迷惑、發亮、最高貴和最低級的東西，那悸動的光流，或者來自一處不可刺穿的黑暗中心的欺詐成分。」

「另一隻鞋子飛進那河流的魔鬼神仙中。我想，天呀！一切都過去了。我們太遲了；他已消失了──天賦已消失，藉著矛箭或棍棒而消失了。畢竟我永不會再聽到那個人講話了，而我的悲愁有一種驚人的感情成分，就像我在樹叢中這些野人的號叫悲愁裡注意到的，也有一種驚人的感情成分。假如我被奪去一種信仰或者失去生命中的命運主宰，我也不會這樣孤獨悲傷的……誰呀？為什麼你以這種可怕的方式嘆息？荒謬嗎？上帝呀！難道一個人不必曾──喂，給我一些菸草。……」

有一陣深沉寂靜的停頓，然後，一根火柴亮起，而

馬羅瘦削的臉孔出現了，疲憊、空虛、手臂交叉垂下，眼皮下垂，露出些許集中注意的神色；而當他劇烈地吸著菸管時，菸管發出小小火燄的規則閃亮，似乎自夜晚裡退卻或前進。火柴光熄滅了。

「荒謬，」他叫著說。「這是最難說的事了……你們都在這兒，每個人為兩種美好的地方所繫，像一艘廢艦有兩副錨鏈，一個角落有一個屠夫，另一個角落有一個警察，很好的胃口，溫度正常──你聽著──一年四季都正常。而你說，荒謬！去他的荒謬！荒謬！老兄，對於一個因純然的緊張，而剛把一雙新鞋拋到河中的男人，你能期望什麼呢！現在我想到了這件事，我那時沒流眼淚，這倒是令人驚奇的事。大致講來，我為自己的勇敢感到驕傲。那時想到失去了傾聽天才庫茲教誨的貴重特權，我痛心疾首。當然我是想錯了。特權正等著我。哦，是的，我聽得足夠了。而其實我也對了。一種聲音。他比一個聲音大不了多少，而我聽到──他──它──這個聲音──其他聲音──它們都不比聲音大多少──而關於那時間本身的記憶在我周圍縈繞，無形一陣快急話語，音波的振動正要消失，愚蠢、凶暴、污穢、野蠻，或者簡單一句：卑鄙，沒有任何種類的知覺。聲音，聲音──甚至那女孩本身──現在──」

他靜了一會。

「我最後以一個謊言鎮壓了他天賦的幻影，」他忽然說。「女孩！什麼？我提過女孩的事嗎？哦，她置身

在這事情之外——完全置身其外。她們——我是說女人們——置身在這事之外——應該置身這事之外。我們必須幫助她們停留在她們自己那美麗的世界裡,唯恐我們的世界會變壞。哦,她得置身事外。你應該聽聽從墓中掘出的庫茲先生屍體在說,『我的未婚妻。』你會立刻看出那時她是怎樣完全置身事外。而庫茲先生高貴的前額骨!他們說頭髮有時繼續生長,但這個——呃——怪人,是夠禿的了。荒野輕拍他的頭,而看呀!他的頭像一個球——一個象牙球;荒野撫摸他,而——看呀!——他已經萎謝了;荒野已占有了他,愛他,擁抱他,進入他的脈搏裡,消耗他的肌肉,並且以某種魔鬼的不可想像儀式把他的靈魂封閉在它自己的靈魂上。他是它慣壞和縱容的寵物。象牙!我應該這樣想。一大堆的象牙,成堆的象牙。古老的小泥屋都擠到飽和狀態了。你會認為在整個國家的土地上面或下面都找不到一根象牙了。『大部分是化石,』經理污蔑地說。象牙跟我一樣不是化石;但當它被掘起時,他們稱它為化石。似乎這些黑人真的把象牙埋在什麼地方——但顯然的,他們不能把這宗『貨物』埋得足夠深,使天才的庫茲先生免於其命運。我們把船裝滿了象牙,還在甲板上堆了很多。這樣他就能看到,並且只要能看到,他就會感到高興,因為直到最後人們還對他有深深的感激之情。你應該聽到他說,『我的象牙。』哦是的,我聽到他說。『我的未婚妻,我的象牙,我的駐所,我的河流,我的——』一切

都屬於他。這使我屏息，期望聽到荒野爆出可驚的一響笑聲，震動各在其固定位置的星星。一切都屬於他——但那是小事。重要的是知道他屬於什麼，知道多少黑暗的力量據他為所有。那是使你毛骨悚然的思想。試圖去想像是不可能的——對人們也是不好的。他在這土地的魔鬼中間占了一個高高的位置——我並沒有誇張。你不能了解。你怎麼能？——你腳下是堅硬的走道，周圍環繞著準備歡呼你或投向你的鄰居，優雅地在屠夫或警察之間走動，處在誹謗、絞刑臺和瘋人院的神聖可怕氣氛中——你怎麼能想像，一個人自由的雙腳可能因為『孤獨』，而使他走進原始時代的什麼特殊地區——藉著完全的『孤獨』，沒有一個警察——藉著『寂靜』——完全的寂靜，那兒聽不到仁慈的鄰居以警告的聲音在低語著公眾的意見。這些小事造成了大大的不同。當這些小事情消失不存在時，你必須投靠你自己天賦的力量，投靠你自己對信心的能力。當然你可能太愚蠢而不會做錯——太愚蠢甚至不知道你正被黑暗的力量所攻擊。我勇敢地忍受，沒有一個傻人曾經跟魔鬼做過靈魂的交易：愚人太愚笨了，或者魔鬼太惡劣了——我不知道是那一種情形。或者你可能是個極端高貴的人，以致除了天堂的景色和聲音外，對其他一切都恍如無聞無視。那麼地球對你只是一個直立不動的地方，這種情形是你的損失或利益，我不想說。但我們大部分的人是既非此也非彼。地球對我們而言是一個生活的地方，我們必須忍受光影、

聲音，還有味道，天呀！──所謂的呼吸死河馬氣味，而不受到毒害。而那兒，你沒看到嗎？你的力量產生了，你相信你有能力，掘個不觸眼的洞窟埋下那些廢物──你有忠誠的力量，不是忠於自己，而是忠於一種模糊而極為繁重的事務。那是足夠困難了。注意呀，我不是試圖去找藉口或甚至去說明──我是試圖去對自己解釋──為了──庫茲先生──為了庫茲先生的靈魂。這個來自『烏有之地』背後的祕密生魂，在完全消失前告訴我驚人的祕密，使我引以為榮。這是因為生魂能夠對我講英語。原來庫茲部分的教育是在英國接受的，而──他有資格自己說──他的同情心是正確的。他的母親是一半英國人，他的父親是一半法國人。整個的歐洲有助於庫茲本人的形成，而不久我知道，『國際蠻人關稅抑制協會』已經最明智地委託他替協會將來的發展寫出一份報告。而他也已經寫了。我看過了。我讀過了。那份報告寫得流利，響亮著流利的語言，但我想是顯得太高調了。他花時間寫了十七頁的祕密文件！但這一定是在他的──所謂──神經發生毛病之前的事，他神經發生毛病，竟主持起某種半夜的舞蹈會了，舞蹈以不可言喻的儀式──根據我每次所聽說的勉強地猜想──是呈獻給他的──你們知道嗎？呈獻給庫茲先生自己的。但這份報告是一篇美麗的作品。然而開頭的一段從以後所得消息看來，現在卻像不吉之物一樣使我怵目驚心。他開始時辯稱說，我們白人，從我們達成的發展觀點而言，『必

須以超自然人物的姿態出現在他們（野蠻人）面前——我們以如同神祇的力量接近他們，』等等，等等。『藉著我們意志的簡單運用，我們能夠永遠發揮一種實際上無盡的力量，』等等，等等。他從那點高翔而上，並且也把我帶上空中去了。你知道，結論雖然難於記憶，但卻冠冕堂皇。結論給了我一種如下的意念：被莊嚴的『仁德』所統御的奇特『無限』。結論使我抖動著熱誠之情。這是『流利』——字語的『流利』——熾燃的高貴字語——所具有的無盡力量。並沒有實際上的暗示來阻止字語的魔力，除了在最後一頁底下一處筆跡不穩定的注腳（顯然是在時間很晚的時候潦草寫上的），可以認為是闡明一種方法。注腳很簡單，而在動人地訴諸每種利他人的感情結束時，那注腳向你迸出火燄，明亮而可怕，像寧靜天空裡的一抹閃電：『消滅所有的野人！』奇怪的是他卻顯然忘記了那有價值的注腳，因為，以後當他恢復知覺時，他曾重複地要求我照顧『我的小冊子』（他這樣稱呼），好像它在將來真的會對他的事業有一種良好的影響力。我對於這一切知道得很清楚，而此外，事情顯示，我也要『照顧』他的記憶。我已為他的記憶做了足夠的事，為的是要得到確切明白的權力，以便在文明的一切廢物和死貓（這是比喻的說法）中，把有關他的記憶放置（假如我要這樣的話）在進步的垃圾箱裡，得到一種永恆的休憩。但你看，我不能這樣。他將不會被忘記。不管他是什麼，他並不是普通的人物，他

有力量把初生的靈魂迷惑或驚嚇，使之成為一種為了他
而存在的女巫舞蹈；他也使朝聖者小小的靈魂充滿了尖
酸的不幸：他至少有一個忠誠的朋友，他至少在世界上
征服了一個靈魂，那靈魂既不是初生，也沒沾染有自我
追求的成分。不，我不能忘記他，雖然我並不想確切地
說，這人很值得我們在尋找他時犧牲生命。我非常想念
我死去的舵手——甚至在他的屍體仍躺在駕駛室時也想
念著他。可能你會認為很奇怪，竟會為一個不比黑暗的
撒哈拉沙漠裡一粒沙重要的野人感到惋惜。嘿，你沒看
到他做了什麼事情，他駕駛船；有幾個月的時間，我以
他為我的靠山——一個助手——一件工具。那是一種搭
檔。他為我駕駛——我必須照顧他，他憂慮自己的低
能，這樣我們之間就產生一種微妙的默契，而我卻只在
這種默契忽然破裂時，才知覺到他的存在。他忍受傷痛
時表情的親密深沉，一直到今天還留在我的記憶裡——
像一種遠親關係在一瞬臨終的時刻加以確定了。」

「可憐的蠢人！他不要去管那百葉窗就好了。他沒
有抑制自己，沒有加以抑制——就像庫茲——一棵被風吹
動的樹。我一穿上乾拖鞋後，就把他拉出來，拉出來之
前先從他身上猛拉出矛來，我承認我緊閉著眼睛進行著
這場『手術』。他的兩個腳跟一起躍上小門梯；他的雙
肩壓在我胸上；我拚命地從後面拉他。哦！他真重，真
重；比地球上的任何人都重，我這樣想像。然後沒費很
大工夫就把他推下河了。潮流忽地攫住他，就好像他是

一綹海草，而我們兩次看到屍體滾滑而過，然後永遠不見了。所有的朝聖者及經理那時都聚集在駕駛室周圍的布篷甲板上，彼此嘰喳談著，像是一群興奮的鷗鴣，他們對我無情的果斷憤慨地低語著。他們為什麼要守住那具屍體不放，我猜不透。可能要塗以聖油。但我也聽到另一陣很不吉祥的喃喃，是來自下面的甲板。我的那些朋友，那些砍材的工人也憤慨了，並且理由更美好——雖然我承認理由本身十分難以接受。哦，十分難以接受！我已下決心，假如我死去的舵手要被吃掉的話，只有魚才能享有他。他活著時是一個二流的舵手，但現在他死了，可能變成第一流的誘惑物，並且可能引起相當驚人的麻煩。此外，我急於去駕駛舵輪，那穿著粉紅睡衣的人就駕駛舵輪而言顯然是一個無望的笨蛋。」

「在簡單的葬禮一過去後，我就駕駛舵輪了，我們以一半的速度前進，在河流中央正確地行駛，並且我也傾聽別人對我的談論。他們已經放棄庫茲，他們已放棄駐所；庫茲死了，而駐所已被焚——等等——等等。那紅髮的朝聖者想到至少這個可憐的庫茲已遭遇適當的報復，就顯得控制不了自己。『喂！我們一定已經在樹叢裡大大宰了他們一番。呃？你認為如何？呃？』他身體確實舞動著，這位血腥的紅髮小子。而當他看到那受傷的人時卻幾乎昏了過去！我禁不住說，『無論如何，你製造了一大堆的煙。』我從樹叢端颼颼和飛舞的樣子已看出，幾乎所有的子彈都飛得太高了。他們不能擊中什

麼東西，除非他們瞄準而從肩部發射；但這些人用他們的眼睛從臀部發射。我認為——並且是對的——對方退卻是由於汽笛的尖銳聲而引起的。一聽到這點他們就忘記了庫茲，開始表示憤怒的抗議，朝著我大叫。」

「經理站在舵輪旁邊祕密地喃喃著說，無論如何需要在黑夜來臨之前駛離那個地方，那時我看到遠處河邊上有一片空地，以及某種建築物的輪廓。『那是什麼？』我問。他驚奇地拍著手。『那駐所！』他叫出來。我馬上向邊端移去，仍然半速前進。」

「通過我的望遠鏡我看到一個小山的斜坡，小山點綴著少許的樹木，完全沒有樹叢。山頂上一座長長的腐朽建築物半埋在高高的草木中；尖形屋頂的大洞從遠處看來黑壓壓地張開著叢林和樹木形成一個背景。沒有什麼籬笆圍牆之類的東西；但以前顯然曾經有過一道籬笆，因為靠近屋子的地方有一排約六根多的微暗柱子粗陋地刨齊，上端裝飾有雕刻的圓球。中間的欄杆（或不管是什麼）不見了。當然，森林把那一切都圍繞起來了。河岸顯得清晰，我在水邊看到一個白人戴著一頂像車輪的帽子，正持續地用整隻手臂搖動招呼著。我檢視上下森林的邊緣，幾乎確實認為看到動作了——人形到處滑動。我小心地駛過去，然後熄下引擎，讓船漂下。岸上那個人開始大叫，催促我們上路。『我們曾被攻擊，』經理叫著。『我知道——我知道。情形很好，』對方喊叫著回應他，非常高興的樣子。『來呀，情形很

好。我很高興。』」

「他的容貌使我想起我看過的什麼事物——我在什麼地方看過的什麼可笑事物。在我操縱機器要沿岸航行時，我自問，『這個人看來像什麼？』忽然我想到了。他看來像一個丑角。他的衣服可能是用棕色的荷蘭麻布縫製的，但卻到處是補綴，有亮的，有藍的、紅的和黃的——後面有，前面也有，手肘有，膝蓋也有，夾克周圍有有色的繃帶，褲底有深紅色的邊飾；太陽光使他看來顯得極為愉快，並且顯出美妙的整潔樣子，因為你可以看到這些布片補得多漂亮。一張沒鬍鬚的孩子氣臉，很漂亮，可以說沒有特點，鼻子脫皮，藍色的小眼，微笑和愁眉在那開闊的臉容上互相追逐著，像陽光和陰影在一處當風的平原上追逐。『注意，船長！』他叫著：『昨晚這兒有一個暗礁。』什麼！另外一個暗礁？我承認我是羞愧地咒罵著。我已經幾乎把我的蹩腳船撞出洞，結束迷人的航行。岸上那位小丑似的人物，把他那小小的獅子鼻向上對著我。『你英國人？』他問，滿臉堆著笑容。『你是嗎？』我從舵輪那兒叫著。笑容消失了，他搖著頭，好像對我的失望感到抱歉，然後他又容光煥發了，『不要緊！』他露出鼓勵的樣子叫著。『我們來得及嗎？』我問。『他在那兒，』他回答，頭往山上的方向一撂，忽然表情變得凝重起來。他的臉像秋日的天空，一會兒暗一會兒亮。」

「當經理被所有的朝聖者（他們全身武裝）護送走

向房子時，這個人上了船。『我說，我不喜歡這樣。這些土人藏在叢林裡，』我說。他熱誠地告訴我情形一切都很好。『他們是簡單的人，』他補充說：『嗯，我高興你來了。我花了大半時間才支開他們。』『但你說一切很好，』我叫。『哦，他們無意傷害你們，』他說，而在我瞪眼時他改正他的話，『並不是那樣。』然後活潑地說，『天，你的駕駛室需要清理一番！』接著他又勸我在鍋爐裡保存足夠的蒸氣，以便在有意外時響起汽笛。『著實的一陣尖銳聲會比你所有的槍枝更有用。他們是簡單的人，』他重複說。他迅速地喋喋不休，使我都迷糊了。他似乎正在設法補償大半的沉默時間，而他實際上也笑著暗示說，正是如此。『你沒有跟庫茲先生談談？』我說。『你不是跟那人談話──你是聽他說，』他以嚴肅的得意表情說。『但現在──』他搖動他的手臂，一隻眼睛一眨，就陷入最深的沮喪境地了。一會兒後他又跳著上來，握著我的雙手，不斷地搖著，一面嘮叨著：『兄弟水手……榮譽……高興……喜悅……自我介紹……蘇俄人……一位牧師的兒子……坦波夫政府……什麼？菸草？英國菸草；上等的英國菸草！喲，那是兄弟般的友善。抽菸？那兒有船員沒抽菸的？』」

「菸使他感到舒慰，漸漸我才知道他以前逃離學校，坐著一艘俄國船航海去了；然後又逃走了；有一段時間在英國船上服務；現在跟當牧師的父親言好了。他強調了這一件事。『但當一個人年輕時，他必須廣博見

聞，收集經驗、觀念，擴大心胸。』『喂！』我打斷他的話。『你從不會知道！我在這裡見了庫茲先生，』他以嚴肅而譴責的氣盛語調說。以後我就不說話了。從他的話我知道，他說服一間海岸的荷蘭商業所，為他辦妥貨物商品，然後帶著一種輕鬆心情出發到內部，比一個嬰兒更沒想到自己會碰上什麼事。他個人在那河流流浪幾乎已有兩年之久，與一切人物和事物完全隔絕。『我並不如外表那麼年輕。我三十五歲了，』他說。『最初老凡・蘇丹總叫我滾蛋，』他以強烈的喜悅表情說；『但我賴著他，談著，談著，一直到最後他怕我會把他的愛狗的後腿給談掉了，所以就給了我一些便宜貨和幾把槍，告訴我說，他希望永不再見到我的臉。好心的老荷蘭人，凡・蘇丹。一年前我曾送給他一些象牙，以便在我回來時叫他不要說我是一個小偷。我希望他收到象牙。至於其餘的我不介意。我為你堆積了木頭。那是我的舊房子。看到了嗎？』」

　　「我把托遜的書給他。他樣子好似要吻我，但又壓抑住了。『這是我留著的唯一一本書，我以為丟了，』他說著狂喜地注視著書。『一個單獨行事的人總要遇到很多意外事件，你知道。有時獨木舟翻了──有時人們發怒了，你得很快退避三舍。』他捏著書頁。『你用俄文寫注解嗎？』我問。他點頭。『我還以為那些注解是用密碼寫的，』我說。他笑了，然後變得嚴肅起來。『阻止這些人費了我很大的神，』他說。『他們要殺你

嗎？』我問。『哦！不！』他叫著說，壓抑住了。『他們為什麼攻擊我們？』我追問。他猶豫了，然後羞慚地說，『他們不要他走。』『他們不要他走？』我好奇地問。他點了一下頭，充滿了神祕和智慧。『說真的，』他叫著說，『這個人已經擴大了我的心胸。』他張開他的手臂，他圓形的藍色小眼睛瞪著我。」

3

「我看著他，在驚奇中迷失了。他在我的面前，衣服的顏色斑駁，好像他是從一隊小丑中潛逃出來的樣子，顯得熱心，似乎是神話人物。他的存在是不可能的，不可說明的，並且完全令人迷惑。他是一道不可解的難題。他如何存在，他怎麼演變到這樣的地步，他如何設法存在——為什麼他沒有立即死亡，這一切都不可想像。『我稍微進了一步，』他說，『然後再稍微進一步——一直遠到我自己不知道怎麼回來的地步。不要緊。時間很多。我能設法。你趕快把庫茲帶走——快——說真的。』青春的光彩包圍他顏色雜亂的破衣，以及他的窮困，他的孤獨，他茫然流浪的木然悲戚。有幾個月的時間——有幾年的時間——他的生命並不值得一日的價值；而他卻瀟灑地，無思無慮地活著，只靠著幾年的時光和他不顧前後的大膽，卻在在顯示出他的不可毀滅。我觸發了一種類似敬慕的心情——像嫉羨的心情。光彩催他前進，光彩使他安然無恙。除了呼吸和行進所要的空間外，他真的不需要再從荒野裡得到什麼東西。他的需要是生存，並且冒最大的險，忍受最大限度的苦向前推進。假如絕對純粹、不計成敗、不求實際的冒險精神曾經統御過一個人的話，那麼這精神就是統御了這個身上補補綴綴的年輕人。我幾乎羨慕他擁有這團適度和清晰的火燄。那火燄似乎完全地耗滅了一切關於自我的思

想，所以甚至當他跟你談話時，你也忘記是他──在你眼前的他──曾經經歷這些事情。可是我不嫉羨他對庫茲的忠心。他沒有仔細考慮這件事情。事情降臨他身上，他就表現一種渴望的宿命主義接受。我必須說，對我來講，那件事從各方面看來，似乎是他所碰到的事情中最危險的。」

「他們不可避免地一起來了，像兩艘船彼此安靜地靠在一起，最後摩擦著身體兩脅躺了下來。我想庫茲需要一個聽眾，因為在某一個場合，當他們在森林裡落營時，他們曾整夜談著，或者更可能的是庫茲在談著。『我們無所不談，』他說，心蕩神怡地回想著往事。『我忘掉有睡眠這件事情。夜似乎沒有持續一個小時那麼久。我們談到一切！一切！……也談到愛。』『啊，他對你談到愛！』我非常驚奇地說。『不是你想像中的情形，』他幾乎是熱情地叫著說。『只是大體談談。他使我看到了東西──東西。』」

「他把手臂向上舉。我們那時是在甲板上，而我的砍材工人的領頭在附近閒逛，就向他投以沉重而閃亮的眼神。我周圍看了看，我不知道為什麼，但我可以告訴你，這個陸地，這個河流，這個森林，這個熾熱的天空形成的蒼穹，以前從不曾，從不曾在我眼中看來顯得這樣地無望，這樣地黑暗，這樣地不為人類思想所理解，對人類的弱點這樣地無情。『而自那以後，你當然跟他在一起了？』我說。」

「情形相反。看來好像他們的交往已為各種不同的原因所破壞。他驕傲地告訴我說，他曾經在庫茲兩次生病期間設法去照顧他（他把這件事認為是一種冒險的功績），但一般言之，庫茲是自己一個人在流浪著，遠遠深入森林而流浪著。『我常來到這駐所，等了好幾天又好幾天他才出現，』他說。『啊，是值得等他的！——有時候。』『他在幹什麼？探險或什麼的？』我問。『哦，是的，當然。』他已經發現了很多的村莊，也發現一個湖泊——他不確切知道在哪一個方向；問得太多是危險的事——但他的探險大部分是尋求象牙。『但他那時候沒貨物去交換象牙，』我提出異議。『還留有很多彈藥呢，』他回答，眼睛看到別的地方。『簡單地說，他到處突襲這個地方，』我說。他點頭。『不是自己一個人，真的！』他喃喃地說一些有關環繞那些湖泊村莊的事。『庫茲叫部族跟從他，是嗎？』我問。他有點躊躇不安的樣子。『他們愛慕他，』他說。他說這些話的聲調很不平常，所以我專心地看著他。看到他談及庫茲時渴望和勉強的表情，使人感到奇異。庫茲這個人充滿了生命，占據他的思想，主宰他的感情。『你能期望什麼？』他迸出這句話，『他以雷鳴和閃電的威風君臨他們，你知道——而他們從沒看過像他那樣的人——並且很可怕的人。他會顯得很可怕。你不能像判斷一個常人那樣去判斷庫茲先生。不，不，不！現在——只是讓你明白——我不介意告訴你，他有一天也要殺掉我——但

我不說出我對他的想法。』『殺掉你！』我叫出來。
『為什麼？』『嗯，我有一些象牙，是靠近我家那村莊的
頭目給我的。你知道我以前都為他們射獵野物。嗯，他
要象牙，不聽理由。他宣稱，除非我給了他象牙並且離
開這個地方，不然他就要殺我，因為他可以這樣做，並
且喜歡這麼做，世界上沒有什麼可以阻止他去殺他高興
殺的人。這也是真的。我給了他象牙。有什麼關係呢！
但我沒離開。不，不，我不能離開他。我必須小心謹
慎，當然，一直到我們重新恢復友誼一段時間。他那時
第二次患病。以後我必須避開他，但我不介意。他大部
分都住在湖邊的村莊。他來河旁時，有時會碰到我，有
時候我小心點是好的。這個人受太多的苦。他痛恨所有
的這一切，但不知怎的，他就是不能離開。有機會時我
就求他趁早離開，我提議跟他回去。他總是說好，然後
還是留著不走，又出發去進行另一次獵象牙之行；不見
了幾個禮拜；他處在這些人民之中而把自己忘掉——忘
掉自己——你知道。』『噢！他瘋了，』我說。他憤怒地
抗議。庫茲先生不可能瘋。假如我只在兩天前聽他講
話，我就不敢這樣說……在我們談著話時，我已經拿起
我的望遠鏡，並且正對著河岸看，橫掃兩邊以及屋後的
森林極限。我意識到那樹叢裡有人在，那樣沉寂，那樣
安靜——像小山上的破屋那樣沉寂和安靜——這樣的意識
使我感覺不安。在這驚人故事的表面上沒有一點跡象
在，這故事與其說是被講出，不如說是以悲戚的驚嘆暗

示出來，以聳肩、中斷的辭語，以及藉長嘆為結束的暗示完成。森林不動，像一個面具——沉重，像監獄關著的一道門——森林隱藏著耐心的期待和不可接近的寂靜的了解，它以這種樣子注視著。那蘇俄人正向我說明，庫茲先生以後就得到河旁來，帶來那個湖泊部落的戰鬥人員。他已有幾個月的時間不見人影——讓人們愛慕他，我想——然後不期然出現了，在在都表示意圖越河或在下游進行一次襲擊。顯然，要求更多的象牙之欲望已經克服了——所謂的——較弱的物質希望。無論如何，他忽然變得更惡劣了。『我聽說他無助地躺著，所以我就去看他——利用我的機會，』蘇俄人說。『哦，他惡劣，很惡劣。』我把望遠鏡對著房子。那兒沒有生命跡象，但有殘毀的屋頂，高高的土牆在草上出現，有三個小小的四方形窗口，形狀都不相同；所有這一切似乎都位於我的手能伸取的範圍之內。然後我粗暴地移動了一下，那消失的籬笆上一根留存的柱子，在我望遠鏡的視覺範圍裡跳躍了一下。你記得我曾告訴你，我在遠眺時看到某些裝飾品而驚心動魄，那些裝飾品在這地方殘毀的一面，看來顯得特別醒目。現在景色忽然更接近了，結果我把頭向後一拋，好像要迴避突來的一擊似的。然後我又以望遠鏡小心地從一根柱子看到另一根柱子，我看出了我的錯誤。這些圓形的結並不是用來裝飾的，而是用來象徵的；它們具有深意並且使人迷惑、驚心和不安——假如有人從天空向下看的話，他會看到那是他想

要的食物，也是兀鷹的食物；但無論如何，還是那些足夠辛勤而爬上了柱子的螞蟻們的食物。假如柱子上的人頭其面孔不是轉向屋子的話，會更使人有印象。只有一個（我第一個辨認出的）面孔向著我。我並不如你想的那樣震驚。我之向後驚退實在只是一種表示驚奇的動作。我已經期望要在那兒見到一個木球，你知道。我小心地回到我最先遠望的地方——就在那兒，黑色、乾枯、下陷、閉著眼皮的一個人頭，似乎睡在那柱子頂端，皺縮乾枯的嘴唇露出一線狹窄的白齒，正微笑著，正對著永恆睡眠中的無盡而滑稽的夢不斷地微笑著。」

「我並不是在揭發任何商業祕密。事實上，經理以後說過，庫茲先生的方法已經毀了這個地區。我對那一點沒有意見，但我要你們明白，在這些人頭裡面，並沒有什麼真正有利可圖的。他們只是顯示庫茲先生對於各種欲望的滿足缺乏抑制力……他缺少了什麼東西——某種微小的東西，這種微小的東西在有緊急需要時，不能從他堂皇流利的言辭裡找得到。我不知道他是否自己知道這種缺陷。我想他最後知道了——只不過那已是最後的時刻了。但荒野就已經發現了他，對他怪異的入侵施以可怕的報復。我想荒野曾經向他低語些他自己莫名其妙的事物，他沒想到這些事物，一直到他跟這偉大的『孤獨』商量才想到——而低語顯示其不可抗拒地迷人。低語在他心裡高聲回響著，因為他的心坎裡是空洞的……我放下望遠鏡，而那顯得夠近可以與之言談的人

頭，似乎馬上從我眼前跳到不可接近的遠處。」

「這位敬慕庫茲先生的人有點垂頭喪氣。他以一種匆促不清楚的聲音開始向我說他不敢把這些——呃，象徵——記下。他不怕土人，他們一動也不會動的，一直要到庫茲先生下了命令。他的優勢真是奇怪。這些人的營帳環繞這個地方，酋長們也每天都來看他。他們會爬著……『我不要知道庫茲先生到來時所使用的儀式，』我叫著說。一種感覺奇異地自心中升起：這樣的詳情細節，會比那些在庫茲先生窗下的木柱上的枯乾人頭來得更使人不能容忍。畢竟，那只是一種野蠻的情景，而我似乎一跳就已經移入一個無亮光的陰險恐懼地區，在那兒，純粹而不複雜的野蠻性是一種積極的慰安；因為野蠻性是某種有權利生存的東西——顯然地——存在陽光中。那年輕人驚奇地看著我。我認為他沒有想到庫茲先生並不是我的偶像。他忘記我並不曾聽說過關於——關於什麼的堂皇獨白呢？關於愛、正義、生活的行為——或者其他的。假如有人在庫茲先生前面爬行的話，那麼他也像他們所有的人中最道地的野人一樣爬行著。我不知道情況如何，他說：這些人頭是叛變者的頭。我笑出來，使他極為震驚。叛變者！接下去我要聽到的是什麼定義呢？這兒有敵人、罪犯、工人——而這些是叛變者！這些叛變者的頭掛在木柱上，在我看來顯得很馴服的樣子。『你不知道這樣一種生活是怎樣考驗著像庫茲那樣的人，』庫茲這位最後的門徒叫著說。『嗯，你

呢？』我說。『我！我！我是一個簡單的人。我沒有偉大的思想。我不想從人家身上得到什麼。你怎麼能把我比作……？』他的感情太豐富了，話都講不出來，忽然他痛哭起來了。『我不了解，』他呻吟著。『我一直在盡力讓他活著，而那就夠了。我跟這一切全無關係。我沒有能力。這兒有好幾個月沒有一丁點兒藥品或一口食物給病人吃了。他被遺棄了，真可恥。像這樣的一個人，懷有這樣的觀念。真可恥！真可恥！我──我──我十個晚上沒睡覺了……』」

「他的聲音在傍晚的一片安靜中消失了。長長的森林陰影已經滑溜到我們談話所在的山下了，已經遠移到被毀的小屋之外，遠離象徵性的成排木柱之外了。所有這一切都籠罩在一種陰鬱的氣氛中，而我們在那兒卻仍沐浴在陽光中，鄰靠開闊地的河域閃耀在一種寂靜而炫目的榮華中，上下都有一段陰暗而遮隱的河曲。岸上看不到一個人。樹叢也不發聲響了。」

「忽然在房子角落周圍有一群人出現了，好像他們是從地下爬出來似的。他們涉過高及腰部的草堆，身體結實，扛著一個臨時做成的擔架。在景色的空虛之中，立刻一聲叫喊響起，尖銳的聲音刺穿過寂靜的空氣，像一枝銳利的箭直飛進陸地的中心；並且，成群的人──蜂擁的裸體人群──手中拿著矛、弓、盾，射出狂野的眼光，踏出野蠻的步伐，著魔似地擁進靠近黑暗以及深思著的森林空地。樹叢搖動了，草震動了一會，然後一

切處在一種警戒的靜止狀態，靜靜地直立著。」

「『現在，假如他不對他們說出適當的話，我們就都完了，』在我手肘旁的蘇俄人說。那隊扛著擔架的人也停下來了，離輪船有一半路的地方，好像被嚇呆的樣子。我看到擔架上的人坐起來，瘦削而舉著一隻手臂，舉在扛擔架者的肩膀上。『讓我們希望那位能夠美妙地談論一般愛情的男人，會找尋出一個特殊的理由，饒了我們這一次，』我說。我尖酸地憎恨我們所處的情勢荒謬危險，好像任那凶暴精靈的擺布是一種差辱而必要的事。我聽不到一點聲音，但透過我的望遠鏡我看到那瘦瘦的手臂以命令的姿態伸開來，下顎挪動著，那幽靈的兩眼在那瘦削的頭上暗暗地望向遠處，他點著的頭奇異地跳動著。庫茲——庫茲——德文的意思『矮小』，不是嗎？嗯，這名字就像他生命裡其他一切——和死亡——那樣真實。他看來至少有七呎高。他的被蓋已經掉落，他的身體從被蓋裡出現，顯得可憐而可怕，好像從一張纏繞的被單裡出現一樣。我可以看到他肋骨的構造全都活動起來，手臂的骨頭搖動著。好像一尊用古舊象牙雕成的死神活像，一直在一群不動的人中威脅地搖著手，而這群人是由黑色和閃光的銅製造的。我看到他把嘴張得大大的——使你看到怪異貪婪的一面，好像他要吞下所有的空氣，所有的土地，所有在他面前的人。我微微聽到一陣深沉的聲音。他一定是正在咆哮著。他忽然向後一倒。扛擔架的人再向前蹣跚前進時，擔架搖動著，而

幾乎在同時，我注意到那群野人消失了，看不到退卻的
動作，好像那突然吐出這些人類的森林又把他們收回
去，就像吸了長長的一口氣。」

「在擔架後面的一些朝聖者，拿著他的武器——兩枝
短槍，一枝重槍，和一枝輕便的左輪卡賓槍——那位可
憐的朱比特的雷霆。經理彎著身體向著他，一面喃喃耳
語，一面在他頭部旁邊走著。他們把他安放在一間小屋
裡——你知道，只是一間屋子，有一個床位，一兩張摺
椅。我們已經帶來他遲來的信件，很多撕毀的信封以及
開著的信亂丟在他的床上。他的手無力地在這些紙張中
游動，他眼睛的火光和表情的鎮定疲憊讓我驚奇。那並
不是疾病的疲乏。他似乎並不痛苦。這團陰影看來飽足
而安靜，好像這個時刻它已充滿了一切的感情。」

「他沙沙地抖動著一封信，直直地看著我的臉，
『我很高興。』有人一直在寫信告訴他有關我的事。關
於我的特別推薦又出現了。他不費力氣地發出聲音，幾
乎不費心去動一下他的兩唇，但那音量使我很驚奇。一
種聲音！一種聲音！聲音嚴肅、深沉、震動，而這人看
來似乎沒有能力發出一聲耳語。無論如何，他本身有足
夠的力量——無疑是不自然的——可以很容易把我們解
決，我馬上就要講到這點。」

「經理靜靜地在門口出現，我馬上走出去，他拉開
我後面的窗簾。朝聖者正好奇地看著那蘇俄人，而他正
注視著河岸。我跟著他注視的方向轉去。」

「可以在遠處看出黑色的人形，模糊地在森林的陰鬱界域上忽去忽來，而在靠近河流的地方，有兩個銅像靠在高矛上，用有斑點獸皮製成的奇異頭巾覆蓋著，直立在陽光中，像戰士似的，並且像雕像似靜靜地安歇著。沿著光亮河岸的地方有一個狂野和怪異的女性幽靈從右到左移動著。」

「她以整齊的步伐走動著，穿著有條紋和邊飾的衣服，驕傲地踏在土地，輕微地搖動那閃亮著的野人裝飾品。她頭抬得高高的；她的頭髮形成盔甲的形狀；她膝蓋上綁有銅製裹腿，手肘上戴有銅線臂鎧，茶色的臉頰上有一個深紅的斑點，頸上有無數玻璃珠串成的項鍊；怪異的東西，符咒，巫師的禮物，掛在身體上，每走一步就閃亮並且顫動著。她身上的東西一定有幾個象牙的價值。她野蠻又顯得高高在上，眼神狂野而顯得堂皇；在她小心前進的步伐中有一種不吉和莊嚴的成分。而在那已經忽然降臨整個悲愁陸地的寂靜中，無垠的荒野以及代表多產和神祕的生命的巨大身軀，似乎深思地看著她，好像它一直在看著自身陰沉和熱情的靈魂的影像。」

「她走近輪船，與輪船並排著，靜靜地站著，面對著我們。她長長的陰影落到水邊。她臉上的狂野悲愁和啞然痛苦所呈現的悲劇及可怕的一面，混合以對某種掙扎著而未完全形成的決心的懼怕。她站在那兒看著我們，動也不動，就像荒野本身一樣，在沉思著一種不可

測知的目的。整整一分鐘過去了，然後她前進走了一步。有一聲低低的叮噹，黃色的金屬一閃，飾邊的布角一搖，她停了下來，好像她的心使她無能為力了。我旁邊的年輕人咆哮著。朝聖者在我後面喃喃著，她看著我們全體的人，好像她的生命依賴著她堅定穩固的目光。忽然她張開赤裸的兩臂，僵硬地伸舉到頭上，好像有一種不可控制的欲望要碰觸天空，同時迅捷的身影向外投在地上，在河流的四周掃動，把輪船擁入陰影裡。一陣可怕的沉默籠罩在景物之上。」

「她慢慢地轉開，沿著河岸繼續走，走進左邊的樹叢。她消失之前眼睛在樹叢的黃昏中只回頭對我們瞄了一次。」

「『假如她要上船的話，我真的想要用槍射殺她，』衣服滿是補綴的人緊張地說。『這十四天以來，每天我都在冒生命的危險阻止她接近我的房屋。有一天她走了進去，把那些我在儲藏室檢來修補衣服的破布踢翻得一塌糊塗。可是我對她不夠敬重。至少一定是那樣，因為她憤怒地向庫茲談了一個鐘頭，時時指著我。我不懂得這個部落的方言。幸運的是，我想像庫茲那天也感到太疲弱無法去追究這件事，否則的話，就會有不幸發生。我不了解……不——那對我是太過分了。啊，好了，現在一切都過去了。』」

「就在這時候，我聽到庫茲深沉的聲音自窗簾後面傳來：『什麼救我！——你意思是救象牙。不要告訴

我！救我！當然，是我必須救你。你現在正阻斷我的計畫。病！病！不像你相信的那樣病重。不要緊。我還要實現我的理想——我一定要回來。我要讓你看看可以做些什麼。你心中那小小的瑣碎意念——你正干涉我。我一定要回來。我……』

「經理出來了。他給我面子，把我拉到一邊。『他很虛弱，很虛弱，』他說。他認為他需要嘆嘆氣，但卻沒有顯露一致的悲哀神色。『我們已為他盡全力了——不是嗎？但不要把事實偽裝起來，庫茲先生所做所為對公司害處比好處多。他沒有看出採取激烈行動的時間還未成熟。小心，小心——這是我的原則。我們還得要小心。這地區暫時封閉了，我們無法接近。真可悲！大體來講，貿易要蒙受損失。我不否認有可觀的象牙——大部分是化石。我們無論如何必須保全象牙——但情勢看來多靠不住啊——是為什麼呢？因為方法不健全。』『你，』我看著河岸說，『說那是「不健全的方法」？』『當然，』他熱烈地說。『你不認為這樣嗎？』……」

「『完全沒有什麼方法存在，』過了一會我喃喃地說。『正是如此，』他狂喜地說，『我早就預料到。這顯示完全沒有判斷力。我有責任在適當的時機指出這點。』『哦，』我說，『那個人——叫什麼？——那個製磚的人，會為你寫一份清楚可讀的報告。』他有一會的時間顯得失措的樣子。我想我從沒呼吸過這樣討厭的氣氛，我精神上轉向庫茲以求慰解——積極地尋求慰解。

『無論如何，我認為庫茲是一個非凡的人，』我加強語氣地說。他吃了一驚，投給我冷冷而沉重的一眼，很安靜地說，『他以前是，』然後他把背對著我。他喜愛我的時辰結束了；我成為庫茲的方法的同路人，跟庫茲笨重地走著，而使用方法的時間還未成熟：我並不健全！啊！但至少選擇選擇夢魘，也總是一回事。」

「我實際上是轉向荒野，而不是轉向庫茲先生，我承認庫茲先生等於已被埋葬了。有一會的時間，我覺得好像我也被埋葬在一個廣大的墳墓中，墳墓充滿著不可言喻的祕密。我感到一種不可忍受的重量壓迫著我的胸膛，我感到潮濕土地的氣味，隱形的得意腐化，以及一個不可刺穿的夜之黑暗……蘇俄人輕拍著我的肩膀。我聽到他嘰嚕咕嚕，結結巴巴地講著『兄弟水手——不能隱藏——會影響庫茲先生名聲的事情。』我等著。對於他來講，顯然庫茲先生並不在墳墓裡；我認為，對於他來講，庫茲先生是不朽的人物之一。『嗯！』我最後說，『講出來吧。湊巧，我是庫茲先生的朋友——就某種意義而言。』」

「他十分鄭重地說，假如我們不是『同行』的話，他就會自己處理這件事情，不讓別人知道，而不去考慮後果。『他懷疑這些白人對他懷有嚴重不良的存心——』『你說的對，』我說，記起了我偷聽過的一次談話。『經理認為應該吊死你。』他對這件最初使我感到興趣的消息，顯出一種關心之情。『我最好安靜地離開，』

他熱誠地說。『我現在對庫茲再也做不出什麼事了，而他們不久就會找出一種藉口。有什麼可以阻止他們的呢？離這裡三百哩遠的地方有一個軍事據地。』『嗯，說真的，』我說，『假如你在附近的野人中有朋友的話，你最好走。』『很多朋友，』他說。『他們是簡單的人——而我不要什麼，你知道。』他站在那兒咬著嘴唇，然後說：『我不願意讓在這兒的白人遭遇到什麼傷害，但，當然，我剛才是想到庫茲先生的名譽——但你是一個兄弟水手而——』『好了，』停了一會後我說。『庫茲先生的名譽有我在就會安安全全的。』我不知道我說的話有幾分的真實。」

「他降低聲音告訴我說，下令攻擊船隻的是庫茲。『他有時憎恨人們用主意帶走他——然後又……但我不了解這些事情。我是一個頭腦簡單的人。他認為那樣攻擊會把你們嚇跑——那樣你就會認為他已死亡而放棄那主意。我不能阻止他。哦，上個月我捱過了一段可怕的時光。』『很好，』我說。『他現在很好了，』『是——是——的，』他喃喃著，顯然不很有信心的樣子。『謝謝，』我說：『我會張大眼睛注意。』『但要悄悄地——呢？』他焦急地催促著。『那對他的名譽而言會是可怕的事，假如這裡有人——』我很嚴肅地答應我會完全小心謹慎。『有一艘獨木舟和三個黑人在不遠的地方等我。我要走了。你能給我幾發馬提尼槍子彈嗎？』我可以給他，所以就相當祕密地給了他。他對我眨眨眼，自

己伸手拿了我一把菸草。『只讓水手私底下知道——你
知道——這是好英國菸草。』他在駕駛室的門口轉身——
『我說呀，你能給我一雙鞋嗎？』他舉起一條腿。
『看。』鞋底綁著繩結，像涼鞋似地結在赤裸的腳下。
我抽出一雙舊鞋，他在把鞋子挾在左臂下之前，先以羨
慕的眼光看看。他的一隻口袋（鮮紅色的）鼓滿了子
彈，另一隻口袋（暗藍色的）隱約地露出《托遜要覽》
等等的字樣。他似乎認為自己為了應付與荒野的再度遭
遇，已經裝備得相當優越，『啊，我永遠不會，永遠不
會再碰到這樣一個人了。你應該聽過他朗誦詩歌——他
自己的詩歌，他告訴我的。詩歌！』他回想起這些高興
的事情時眼睛滾動著。『哦，他擴大我的心胸！』『再
見！』我說。他跟我握手，然後在黑夜裡消失。有時我
自問，我是否真的曾經見過他——見到這樣一個奇異的
人是否可能……」

「當我在午夜忽地醒來時，他的警告及其危險的暗
示湧上我的心頭，那危險的暗示在星夜裡似乎顯得足夠
真實，使得我起床，在四周環顧一下。山上有一堆大火
燃燒著，一陣一陣照亮著駐所房屋的彎曲角落。我們的
一個代辦帶著幾個黑人拿著武器在放哨，看守著象牙；
但在森林的深處，搖曳的紅光似乎從地上下降又升起，
地上位於漆黑的迷亂圓筒形中，紅光顯示出那些愛慕庫
茲先生的人正不安地守夜的確切地點。大鼓單調的聲音
發出模糊的驚恐和徘徊不去的振動，充滿了空中。很多

人在哼著一種怪異的咒文，那持續的單音從森林黑暗平坦的牆中傳出來，像蜜蜂飛出蜂巢的嗡嗡聲，對我半醒的知覺有一種奇異的麻醉作用。我想我在依靠著欄杆時瞌睡起來了，直到突然爆出一聲喊叫，一種鬱積和神祕的瘋狂形成的壓倒性爆發，把我吵醒，使我陷於一種迷悶的驚奇中。聲音忽然又停了下來，低低的單音在空中繼續響著，產生一種聽得見和令人舒慰的寂靜效果。我隨意看進小木屋裡。裡面正亮著一盞燈，但庫茲先生並不在那兒。」

「我想，假如我相信我的眼睛的話，我會大叫出來，但我最初不相信我的眼睛——那東西似乎非常不可能存在。事實是，我完全被一種純然的空茫恐慌，純粹的抽象恐懼所擾，這種恐懼與任何清楚的肉體危險無關聯。使這種感情顯得這樣強有力的是——我要怎麼說呢？——我受到道德的驚嚇，好像一種完全怪異，思想所不能忍受且對於靈魂顯得可厭的東西，突如其來強加在我身上。這種現象當然只維持不到一秒鐘的時間，然後那種關於普通而致命的危險的一般感覺，一種突然的攻擊和屠殺的可能性，或者諸如此類我看到正逼在眼前的事，就顯得非常可喜並且具有鎮定作用。事實上這使我鎮定下來，鎮定的力量很大，所以我沒有發出警報。」

「有一個代辦扣緊著一件大衣，睡在離我三呎之內甲板上的一張椅子上。叫聲並沒有驚醒他；他輕輕地打

著鼾；我讓他睡在夢鄉裡，然後跳到岸上。我沒有出賣
庫茲先生——我受命永不能出賣他——規定是我應該忠於
我選擇的夢魘。我急於自己一個人應付這個陰影——而
到今天我還不知道為什麼我這樣吝於跟任何人分享那經
驗的特殊黑暗。」

「我一上了堤岸，就看到一條路——一條寬廣的路穿
過草地。我記得自言自語時的狂喜，『他不能走路——
他正用四肢爬著——我逮到他了。』草沾有露珠，濕濕
的。我大步急速走著，緊握著拳頭。我幻想自己有一種
模糊的意念：撲向他，然後痛打他一場。我不知道。我
有一種低能的思想。那個正在織著毛線的老婦人跟那隻
貓闖入我的記憶，她最不適合安處在這樣一件事情的另
一邊。我看到一排朝聖者用靠在臀部的溫徹斯特連珠槍
射出子彈。我想我永遠回不了船上，並且想像自己一個
人生活著，在森林裡手無寸鐵，一直到老年到來。這樣
愚蠢的事情——你知道的。而我記得我把鼓聲和心跳混
淆，並且為其安靜的韻律感到高興。」

「可是我遵循著路走——然後停下來聽著。夜很清
晰；一片黑藍的空間，閃爍著露珠和星光，黑色的物體
靜靜地站立著。我想我可以看到自己前面一種移動的動
作。那晚我奇異地對一切感到非常確定。我實際上是離
開路徑，沿著一個寬廣的半圓圈跑著（我真的相信自己
格格笑起來），以便到達那騷動，那所見的移動動作之
前——假如我真的看到什麼東西。我正在用計鬥勝庫

茲，好像是在玩一種孩子氣的遊戲。」

「我碰到他，假如不是他聽到我走上來，我會跌倒在他身旁的，但他及時站起來。他站起來，顛簸不定，一具長長、蒼白而不清的軀體，像一陣自土地蒸發出的氣體，在我面前輕輕搖擺著，像霧，靜靜的；而我的背後，火在樹間朦朧出現，各種聲音的喃喃自森林傳來。我曾機靈地避開了他；但當實際上遭遇到他時，我似乎恢復了我的知覺，我看到成分正確的危險性。危險絕對還沒有過去。假定他開始射擊呢？雖然他幾乎無法站立，但他的聲音裡仍有豐富的力氣。『走開——藏起來。』他以那種深沉的聲音說。這真可怕。我向後一看。我們離開最近的火才不到三十碼的距離。一個黑色的形體站立起來，長而黑的兩腿大踏著步伐，搖著又長又黑的手臂，橫越火光而過。身上有號角——羚羊的角，我想——在頭上。一個巫師，一個巫士，無疑的：看起來足夠像魔鬼。『你知道你在幹什麼事？』我耳語著。『完全知道，』他提高聲音迸出這四個字：聽起來遙遠然而卻很高聲，像是通過傳聲筒的歡呼聲。假如他惹起糾紛的話，我們就完了，我自忖著。這顯然不是亂鬥的時候，甚至和我為了打擊那『陰影』——這流浪而受苦的靈魂——而產生的自然厭惡之情無關。『你會迷失，』我說——『完全地迷失。』一個人有時會靈光一閃的，你知道。我真的說了正當的話，雖然實在說，此刻他迷失的程度最為不可救藥，我們此刻正建立親密的

基礎——以忍受——以忍受——甚至到終了——甚至到來生。』

「『我有無限的計畫，』他猶疑地喃喃著。『是的，』我說，『但假如你試圖喊叫的話，我會打碎你的頭，用——』附近沒有一根棍子或一塊石頭。『我要扼死你了事，』我改正說。『我已處在偉大事物的門檻上，』他以一種渴望的聲音請求著，聲調顯得任性，使我的血液冷了下去。『而現在為了這個愚蠢的惡棍——』『你在歐洲的成功無論如何是確定了，』我肯定告訴他。我不願意扼死他，你知道——實在說，這對任何實際的目的是很少有用途的。我試圖突破符咒——沉重，啞然的荒野符咒——那荒野符咒似乎藉著被遺忘和蠻野的本能之覺醒，藉著對於滿足和怪異的熱情的記憶，把他驅向它無情的胸膛。光是這種符咒，我相信，就已經驅逐他走向森林的邊緣，走向樹叢，朝向火光、鼓鳴，怪異咒文的單音；光是這種符咒就已經把他不羈的靈魂哄騙到過分的野心的境界了。而你沒看到，形勢的恐懼並不是在於頭上被人敲擊——雖然我也生動地知覺到這種危險——而是在我必須對付一個人，對於這個人，我不能以任何崇高或低下的名義去吸引他。我甚至像黑人一樣，必須求助於他——他自己——他自己的得意而不能相信的墮落。沒有在他之上的東西，也沒有在他之下的東西，我知道。他已把自己踢離了地球。混他的蛋！他已經把地球踢成碎片。他自己孤獨一個人，而我在他面前並不知道

我是站在地上或浮在空中。我一直在把我們所說的話告訴你們——重複我們講出的話語——但這有什麼用？這些話是普通的日常用語——熟悉、模糊的聲音，在每日的生活裡交換使用。但那便又怎麼呢？我認為那些話語之後，具有夢中聽到的字語，或夢魘裡的話的可怕暗示成分。靈魂！假如有人曾經與靈魂掙扎過的話，我就是那個人。而我也並不是在跟一個瘋人爭論。信不信由你，他的智力是完全地清晰——真的顯示可怕的強度集中在自己身上，然而還顯得清晰；而我唯一的機會就在那兒——當然還有當時當場殺他的機會，而由於不可避免的噪音，當時當場殺他並不是美好的事。但他的靈魂卻瘋狂了。因為獨自在荒野內，靈魂看起來是在自身之內，而天呀！說真的，靈魂已經瘋狂了。我必須——我想是由於我有罪——經歷一種自我省視的艱難任務。沒有什麼辯才會像他最後突然顯出的熱誠那樣減弱一個人對人類的信仰。他已與自己掙扎著。我看到，我聽到。我看到一個靈魂不可想像的神祕，那靈魂不知有抑制，不知有信心，不知有懼怕，然而卻盲目地與自身掙扎著。我頭部一舉一動都表現得很好：但當我最後把他安放在長椅上時，我卻擦著自己前額，而我的雙腿震顫著，好像我背上負荷著半噸的重量走下那座山一樣，然而我僅僅支持著他，他瘦骨嶙峋的手臂緊抓住我的脖子——而他並不比一個小孩重。」

「第二天我們中午離開時，群眾們（我已一直敏銳

地知覺到，這些群眾在樹幕後隱伏著）又從森林裡湧了
出來，擠滿了空地，蓋滿了斜坡，一大群裸體、生動、
震顫著的胴體。我稍微向上遊行駛。然後向下流搖擺而
下，兩千隻眼睛跟隨著那隻濺著水、咚咚響而又凶猛的
河魔動著，河魔以其可怕的尾羽打著河水，並且把黑煙
吐進空氣中。在第一個高處前面沿著河流的地方，有三
個男人從頭到腳塗著鮮紅色的泥土，不安地來回大步走
著。我們又靠近時，他們面對著河流，跺著腳，點著似
角的頭，搖著赤紅的身體；他們朝著可怕的河魔揮動一
把黑色的羽毛，以及一塊骯髒的獸皮，有一根下垂尾巴
──看起來像一具乾枯的葫蘆；他們一齊間斷地叫喊出
成串驚人的言語，不像人類語言的聲音；群眾深沉的喃
喃忽然中斷，未中斷前就像一種魔鬼的祈禱之呼應。」

「我們已經把庫茲帶進駕駛室，那兒空氣較充足。
他躺在長椅上，透過開著的百葉窗注視著。人群裡顯出
一陣漩渦似的騷動，而那頭戴甲盔、兩頰棕褐的女人向
外衝到河流邊緣。她伸出雙手，叫了叫，而全體狂野的
群眾也齊聲發出清晰、急速，令人屏息的怒吼。」

「『你了解這叫聲嗎？』我問。」

「他繼續以熾熱渴望的眼神從我身旁望出去，表情
混合有任意和憎恨的成分。他沒有回答。但我看到一絲
微笑，一絲意思不明的微笑，在他無血色的雙唇上出
現，雙唇一會兒之後就痙攣地挺曲起來了。『我不了解
嗎？』他慢慢地說，喘著氣，好像他的話語已被一種超

自然的力量自他身上強攫而去。」

　　「我拉著汽笛的繩索，我這樣做是因為看到甲板上的朝聖者們，正要拿出他們的槍枝，期望來一次愉快的玩意。在汽笛突然的尖銳聲發出時，有一種意味著沮喪的恐懼的騷動穿過那楔形的人群。『不要！你不要把他們嚇走。』甲板上有一個人愁悶地叫著。我一次又一次地拉著汽笛的繩索。他們散開，奔跑著，他們跳躍，他們蹲伏，他們逃竄，他們閃避聲音的倉卒恐怖氣氛。那三個紅色的人兒已經平直地躺下來。面孔向下對著河岸，好像他們已被射死的樣子。只是那位野蠻而高高在上的女人一點也不畏縮，顯露悲劇的樣子，在我們背後把赤裸的雙臂伸展到陰沉和發亮的河流之上。」

　　「然後那些在甲板上的低能群眾開始他們小小的射擊玩樂，然後彈藥的煙霧使我什麼都看不到。」

　　「棕色的潮流迅疾地自黑暗中心流出，以我們下行時兩倍的速度將我們帶往海上；而庫茲的生命也正在迅速地消耗，退潮，自他心中退潮而進入無情的時間之海。經理顯得很平靜，他現在沒有重大的焦慮，他以一種了解和滿足的眼光看著我們兩個人：『事情』演變得跟所希望的一樣美好。我看到我就要自己一個人生活在『不健全方法』集團裡了。朝聖者以輕視之情看待我。我是所謂的注定與死人為伍了，很奇怪，我是如何接受這種料想不到的兩人同處的關係呢？選擇這強加在我身上的夢魘，在被這些卑低和貪婪鬼魂侵擾的黑暗土地

裡。」

「庫茲講話了。一陣聲音！一陣聲音！聲音深深地作響，一直到永恆。聲音在體力消失後還存在。把他心的荒涼黑暗隱藏在口才的堂皇褶裳裡。哦，他掙扎著！他掙扎著！他疲乏的頭腦荒野，現在為陰沉的形象所擾──那財富和名聲的形象，那財富和名聲的形象，諂媚地繞著他高貴而崇高的措辭所表現的不朽天賦旋轉著。我的未婚妻，我的駐所，我的事業，我的想法──這些是高尚的感情偶爾發抒的主題。原本的庫茲陰影常出現在空洞虛偽的床邊，其命運就是要立刻埋葬在原始地球的泥土裡。但它所刺穿過的神祕境界的魔鬼之愛和怪異的恨，都為了占有那充溢著原始感情的靈魂而戰鬥著，那原始感情渴望著潛藏的名聲，虛偽的榮譽，和成功及力量的一切外表。」

「有時他幼稚到卑鄙的程度。他希望當他從一個可怕的『烏有之地』（他在那兒想要完成偉大的事）回來時，國王們會在車站接他。『你讓他們知道你本身有某種真正有利可圖的東西，然後，你的能力就會受到無限的欣賞，』他這樣說。『當然你必須注意動機──正確的動機──常常注意。』那些一模一樣的長長河域，那同樣的河域，那些完全相像的單調河曲，滑過輪船，有成群塵世的樹木耐心地照顧著另一世界的穢污碎片，這世界是變化、征服、貿易、屠殺、福祉的先鋒。我向前看──駕駛著。『關起百葉窗，』庫茲有一天忽然說；

『我不能忍受看到這個情景。』我把百葉窗關起來。一陣沉靜。『哦,我還要扭曲你的心!』他對著看不見的荒野叫著。』

「我們的船拋錨了──這是我曾預料的──必須在島端停泊,以待修理。這次耽擱是動搖庫茲信心的第一件意外。有一天早晨他給我一包信紙和一張照片──用一根鞋帶綁在一起。『為我保管這些東西,』他說。『這位惡毒的笨蛋(指經理),在我不注意時會搜索我的箱子。』下午我又看到他。他正躺在那兒,兩眼閉著,我靜靜地退去,但我聽到他的喃喃,『活著時正正當當,死是,死是……』我傾聽著。卻再也聽不到什麼。他正在睡眠中復誦一篇演講,或者那是取自一篇報紙文章的片斷,他一直在為報紙寫東西,並且想要再度從事這種工作,『死是為了推進我的想法,那是一種責任。』」

「他的黑暗是不可刺穿的黑暗。我看著他,就像你向下窺視著一個人躺在懸崖底端而太陽從不會照到的地方。但我沒有很多的時間去注意他,因為我正幫忙輪機解下氣缸,拉直一根彎曲的連接桿,以及其他諸如此類的事。我生活在鐵鏽、銼屑、螺帽、插梢、扳鉗、錘子、棘齒鋼鑽似混亂裡──我厭恨這些東西,因為我跟它們意氣不相投。我照顧我們有幸擁有的小熔鐵爐;我疲倦地在邊邊的碎鐵堆裡辛苦地工作著──除非我患了嚴重的瘧疾,站都站不住。」

「另一個晚上,我拿著一根蠟燭進去,我驚奇地聽

到他有一點顫抖地說，『我正躺在這裡，在黑暗中等待著死亡。』亮光距他的眼睛不到一呎遠。我強迫自己喃喃道，『哦，亂講！』然後站在旁邊，好像被嚇呆的樣子。」

「我以前從未看過他臉上五官的變化，也希望不再看到。哦，我並沒有感動。我被迷住了。就像一條面紗已被揭去。我在那象牙似的面孔上看到陰沉驕傲，殘忍力量，怯懦恐懼的表情──強烈和灰心失望的表情。他在那意謂著完全知曉的臨終時刻裡又生活在『欲望』、『誘惑』和『降服』的每種詳細情節裡嗎？他對著一種影像，一種幻影低聲叫著──他兩次叫出來，那種不比呼吸高的叫聲：『可怕的東西！可怕的東西。』」

「我把燭光吹熄，離開小屋。朝聖者們正在餐廳裡吃飯，我坐在經理對面，他抬起頭，眼睛對我探詢地瞥了一下，我不去理會他的眼光。他向後躺，神態寧靜，露出他特有的笑容，那笑容封閉了他那沒有表達出的深沉卑鄙。一陣繼續不斷的小蠅擁上燈光、桌布，擁上我們的手及臉。忽然，經理的差童在門口探出那傲慢的黑頭，以一種冷酷的輕蔑語調說──」

「『庫茲先生──他死了。』」

「所有的朝聖者都跑出去看。我坐著不動，繼續吃飯。我相信我是被認為像野獸一樣無情。無論如何，我沒有吃很多飯。那兒有一盞燈──燈光，你不知道嗎？──而外面是那樣可怕，可怕地黑暗。我不再走近那不

凡的人，他曾經為自己的靈魂在地球上的冒險下過判斷之語。聲音消失了。還留有什麼呢？但我當然曉得第二天朝聖者在一個泥濘的洞窟裡埋下什麼東西。」

「而那時他們就幾幾乎乎埋葬了我。」

「無論如何，你可以看到，我並沒有立刻去跟庫茲先生為伴。我夢著夢魘，一直到終了，並且再度顯示，我對庫茲的忠心。命運，我的命運！生命是好笑的事情——為了一種無用的目的，神祕地安排無情的邏輯。你從生命裡能夠希冀得到的，最多是對你自己的一種了解——那來得太遲了——是一堆不可消滅的悔恨。我跟死亡搏鬥過。那是你所能想像到的最不令人興奮的爭鬥。搏鬥在一種無情的灰色狀態裡進行，腳下空無，四周杳然不見一物，沒有觀眾，沒有喧騰，沒有光榮，沒有勝利的大欲望，沒有失敗的偉大恐懼，處在一種具有平淡的懷疑的病態氣氛裡，對你自己的權利沒有很大的信心，對你的對手的權利更沒有信心。假如這是最終智慧的形式，那麼生命就是比我們一些人所認為的更是一個偉大的謎。我處於最後發言機會的千鈞一髮中，而我卑屈地發覺到，可能我沒有什麼好說的。這就是為什麼我敢說庫茲是一個非凡人物的理由。他有話可說。他說出來。既然我自己已在旁偷偷看過，我對他的凝視了解得更清楚，那凝視不能看到蠟燭的燄光，但卻夠廣闊可以擁抱整個宇宙，刺穿之力足夠深入一切在黑暗中跳動著的心。他已做了一次總結——他已下了判斷。『可怕的東

西！』他是一個非凡的人。畢竟，這是某種信仰的表白；這表白顯得率直，具有信心，在其低語中具有一種震動的反叛特徵，它具有一種瞥見真理的可怕面孔──欲望和憎恨的奇異混合。而我記得最清楚的並不是我自己的困迫──一種無形的灰濛幻影，充滿肉體的痛苦，以及對一切事物──甚至對這個痛苦的本身──的無常所表現的輕率藐視。不！我似乎生活在他的困迫中。真的，他已踏了最後那一大步，他已走過邊緣之上，而我已被允許抽回我猶疑的腳步。而可能在這裡面就存在著整個的不同；可能整個的智慧，整個的真理，以及整個的真誠，都被壓擠進那不可知的時刻，在那時刻裡我們走過不可見的門檻。可能！我喜歡認為我的總結不是一個意謂著輕率藐視的字語。他的叫聲更好──好多了。那是一種肯定，一種以無數的失敗，邪惡的可怕，邪惡的滿足為代價的道德勝利。但那是一種勝利，那就是為什麼我忠於庫茲到底的道理，而在很長一段時間後，再度聽到（不是他自己的聲音）他的堂皇辯才的回音，從一個透明純粹一如水晶山崖的靈魂回響於我身上，此時我甚至不僅停留在忠於他到底的地步。」

「不，他們沒有埋葬我，雖然有一段時間，我模糊地記憶著，存有一種戰慄的驚疑，像一條穿過某個不可想像的世界之通道，而那世界既沒希望也無欲望。我發覺自己回到那墳墓似的城市，憎恨看到人們匆促穿過街道，從每個人身上偷取一點錢，吞食惡劣的食物，嚥下

不衛生的啤酒，夢想他們無意義而愚蠢的夢。他們侵擾我的思想。他們是入侵者，我認為他們對生活的了解是一種令人憤怒的偽裝，因為我感到非常確實，他們不可能知道我所知曉的事。他們的舉止只是普通的個人在確定自身十分安全時的行事表現，其舉止激惱我，就像一個人面對危險時（不可理解的危險）卻強暴地誇示愚昧一樣。我沒有特別去想啟發他們，但我卻難於在他們面前抑制笑聲，他們的面孔是那樣充滿了愚蠢的自尊自大。我敢說我那時候身體並不很舒服。我在街上四處趑趄趄趄地走——有各類的事物要安頓下來——尖酸地對著完全可敬的人露齒而笑。我承認我的行為不可饒恕，但在那些日子裡，我的體溫很少正常。我親愛的姑媽對於『培養我的力氣』的努力似乎完全沒有效果，需要培養的並不是我的力氣，是我的想像需要加以撫慰。我拿著庫茲給我的那包信紙，不知道到底要如何處置。他的母親死了不久，據說，他的未婚妻曾侍奉病榻。一個鬍鬚剃得清淨的男人有一天來拜訪我，他態度嚴謹，戴著金邊眼鏡，最先迂迴地，然後施以溫和的壓力問我關於他稱之為某些『文件』的事。我並不驚奇，因為我跟經理在這方面有過兩次的口角。我已拒絕放棄那包裡裡任何一個最微小的斷片，我對這位戴眼鏡的人也表現相同的態度。他最後變得陰險，並且威脅我，同時非常熱烈地辯稱，公司對於有關其地區的每一小部分資料都有權利過問。他說，『庫茲先生對於未探險地區的了解一定廣

闊而特殊——由於偉大的能力和他所處的可悲環境之故，因此——』我告訴他，庫茲先生的了解不管多廣闊，與商業或行政問題並沒有關係。他然後把『科學』請出來。『那會是一種不可估計的損失，假如，』等等，等等。我給了他那份『壓制野人關稅』的報告（撕去注腳）。他渴望地拿了起來，但最後卻以一種輕蔑的態度嗅了嗅。『那不是我們有權利想要的東西。』他說。『不要想要什麼，』我說。『只有私人的信件。』他以法律的起訴要脅，然後走了，以後再也沒看到他。但另一個自稱庫茲表兄的人，兩天以後出現了，急於聽聽他親愛的親人臨終時刻的詳情。無意中我從他口中知道庫茲基本上曾是一個偉大的音樂家。『他有表現極大成功的素質。』那人說，我相信他是一個風琴手，細疏灰白的頭髮飄動在油污的衣領上。我沒有理由懷疑他所說的話；而到今天為止，我還不能說庫茲的職業是什麼，他是否曾經有任何——哪方面是他最大的才賦。我把他認為是一個為報紙寫文章的畫家，或者是一個能夠畫畫的記者——但甚至這位表兄（他在談話時嗅著鼻菸）也不能告訴我他曾做過什麼事——確切做過什麼事。他是一個宇宙的天才——在這一點上我同意這位老傢伙，他講了這句話後就大聲地把鼻涕擤在大的棉手巾裡，露出衰老激動的神情離開，帶走了一些家庭信件和無關重要的備忘錄。最後，一個急著要知道他『親愛的同業』的命運的新聞記者出現了。這位訪客告訴我說，庫茲的

適當職分應該是『很得人心』的政治。他的眉毛又濃又直，硬直的頭髮剪短了，一片鏡片繫在一條寬帶上，他話題很廣泛，他表白他的意見，認為庫茲實際上並不能寫東西——『但天啊！這個人多會談啊。他把大集會裡的人都震驚了。他有信心——你不知道嗎？——他有信心。他可以讓自己去相信任何事物——任何事物。他可以成為一個極端黨派的一流領袖。』『什麼黨派？』我問。『任何黨派，』他回答。『他是一個——一個——極端主義者。』我不這樣想嗎？我同意了。他忽然閃現一抹好奇心，問我知道『是什麼東西促使他去那兒的？』『知道的，』我說，然後馬上交給了他那有名的報告，假如他認為適合，可以把報告出版。他匆匆看了一遍，一直咕噥著，下了判斷說『可以』，然後拿走了這份贓品。」

「這樣我身邊只剩下一包信和那女孩子的相片了。女孩子的美麗使我怵目驚心——我意思是說她有一種美麗的表情。我知道陽光也可以作假，然而一個人卻會感到，光線和姿勢的作用也無法傳達那種表現在她五官上的真實色調。她似乎隨時可以傾聽人家的言談而不表露精神上的保守樣態，不露出懷疑之情，一點也不想到自己。我決定要自己去找她，把照片和信還給她。好奇心嗎？是的，可能還因為有另一種感覺。一切曾屬於庫茲的已經離開了我的雙手：他的靈魂，他的肉體，他的駐所，他的計畫，他的生涯。剩下的只是他的記憶和他的

未婚妻——而我也要把後者放棄了,在某方面說來,是放棄她,把她留給過去的時光——親自把他所留給我的一切,歸交給那意謂著我們共同命運的最後字語——『遺忘』。我不為自己辯護。我不清楚我真的需要什麼。可能是一種無意識的忠誠所產生的衝動,或者是完成一種必然的諷刺,這種諷刺潛伏在人類生存的事實中。我不知道。我說不出來,但我去了。」

「我認為他的記憶像那些累積在每個人生命裡的其他死者的記憶一樣——一種銘刻在充滿陰影的頭腦中的模糊印象,陰影在迅速而最終經過時落在頭腦中了;但在那扇高大而沉重的門前,在位於一條街上(而街寂靜端莊,一如墓園裡保管美好的徑巷)的高房子之間,我幻見到他躺在擔架上,貪婪地張著嘴,好像要吞下整個地球及其人類。他那時活在我面前;他像以前活著時那樣多采多姿地活著——一團陰影,不滿足於堂皇的外表及驚人的真實;一團比夜之陰影更黑暗的陰影,高貴地包罩於一種華麗辯才的褶襞裡。幻影似乎跟我走進了房子——擔架、扛著他的精靈、順從的崇拜者形成的狂野人群、森林的憂鬱、位於陰沉曲地間的河域之閃光、像心跳(一顆征服黑暗的心)那樣規則而模糊的鼓聲。那是荒野勝利的一刻,一種入侵和報復的衝撞,我覺得我必須自己一個人把這種衝撞阻擋回去,以便拯救另一個靈魂。而我記得在那遠處曾聽他說過的話語(在火堆的光輝中,在耐心的森林裡,在我背後騷動的有角形

體），那些湧回我腦海的斷續話語，又以其不吉和驚人的單純性發出聲音了。我記得他卑鄙的請求，他卑鄙的威脅，他巨大的邪惡欲望，他靈魂的卑低、痛苦，以及暴烈的苦惱。而以後有一天當他在說出下面的話時，我似乎看到他鎮靜陰沉的態度，『這些象牙現在真的是我的，公司沒為它付出代價，我個人冒了很大的險收集來的。我怕他們要宣稱那是他們的。嗯。這是一件棘手的事情。你認為我應該怎麼做——抵抗？呃？我要的只是正義……』他要的只是正義——只是正義。我在第一層樓一扇桃花心木門前按著鈴，而在我等著時，他似乎自那玻璃的鑲板裡凝視著我——用那廣闊而無限的眼光凝視著，那眼光在擁抱，詛咒，厭恨整個宇宙。我似乎聽到低語的叫聲，『可怕的東西！可怕的東西。』」

「黃昏現在降臨。我必須在一間高尚的客廳裡等。客廳有三個從地板直伸天花板的長窗，像三條發亮的裝飾石柱。家具的彎曲而鍍金的腳和背露出不清楚的曲線在閃耀著。高度的大理石壁爐有一種寒冷而不朽的雪白顏色。一架大鋼琴重大巍峨地立在一個角落裡，平面上可以看到暗光，像是一具陰沉而光亮的石棺。一扇高門打開——關上。我站起來。」

「她走上前來，全身都穿著黑色的衣服，臉色蒼白，在暮色中向我飄來。她正守喪帶孝。在他死後，距消息傳來時已超過一年的時間；她似乎要永遠記憶，永遠守喪。她把我的兩手放在她的手中，喃喃著，『我已

經聽說你要來。』我注意到她並不很年輕——我的意思
是沒有女孩子氣。她對孝心、信仰、受苦有一種成熟的
能力。房間似乎變得更黑了,好像陰暗的黃昏的所有憂
傷亮光,都躲在她前額裡避難。這頭美麗的秀髮,這副
蒼白的臉相,這彎純潔的眉毛,似乎被一圈灰色的輪光
所圍,那對黑色的眼睛從那輪光中向外注視著我。眼光
的注視顯得端正、深沉、自信,以及信任。她抬著那憂
傷的頭,好像為那憂傷感到驕傲,好像她要說,我——
只有我自己知道如何去為他哀傷才是他應該值得的。但
當我們仍然握著手時,這樣一種可怕悲戚的表情自她臉
上浮現,使我知覺到她並不是時間的玩物。對她而言,
他昨天才死。天啊!印象是那麼深,所以對於我來講,
他似乎也是昨天才死——不,是這個時刻。我在同一時
間的剎那裡看到她和他——他的死和她的悲傷——我在他
死的那一刻裡看到她的悲傷。你了解嗎?我一起看到他
們——我一起聽到他們。她深呼吸著說,『我已生存
了』,而我緊張的耳朵似乎清楚地聽到(混合著她失望
悔恨的聲調)他永恆詛咒的總結性低語。我自問自己在
那兒做什麼,心中有一種痛苦的感覺,好像茫然走進一
個殘忍和神祕的地方,這個地方不適合人類看見。她引
導我到一張椅子旁。我們坐下來。我把包裹輕輕放在小
桌子上,她把手放在包裹上面……『你對他知道得很清
楚,』一陣哀傷的沉默後她喃喃地說。」

「『在那兒,人們很快就會茁長親密的關係。』我

說。『我對他知道得很清楚，就如同一個人可能對另一個人知道得很清楚一樣。』」

「『而你敬慕他，』她說。『知道他而不敬慕他是不可能的。不是嗎？』」

「『他是一個不凡的人，』我不穩定地說。然後面對她的凝視所顯示的堅定哀求，面對那凝視，那凝視似乎注意著我唇上要吐出更多的話語，我繼續說，『不可能不去——』」

「『愛他，』她渴望地結束她的話，叫我陷入一種可怕的啞然狀態。『多麼真實！多麼真實，但你想想吧，沒有一個人像我認識他那麼清楚！我擁有他的一切高貴信心。我最了解他。』」

「『你最了解他，』我重複說。可能她最了解他。但隨著每句講出的話語，房間越來顯得黑暗了，只有她平滑而雪白的前額，仍然被不可熄滅的信仰和愛之光照亮著。」

「『你是他生前的朋友，』她繼續說。『他的朋友。』她重複說，聲音提高了點。『你一定曾是他的朋友，既然他給了你這些東西，並且叫你來找我。我感到我能跟你講話——哦！我必須跟你講。我需要你——你曾經聽過他臨終前的話——知道我配得上他……那不是驕傲……是的！當我知道我比世界上任何人更了解他——他自己這樣告訴過我的——我就感到驕傲。而且他母親死後，我再也沒一個人——沒一個人——來——來——」

「我傾聽著。黑暗加深了。我甚至不確知庫茲是否給了我正確的包裹。我很懷疑他要我照顧的是另一包信，他死後，我看到經理在燈下檢視那包信。而這女孩子談著，在我確定的同情中緩和著她自己的痛苦；她談著，就像口渴的人喝著水一樣。我聽說她跟庫茲的訂婚曾為她家人所反對。他不夠富有，或什麼的。而實在說，我不知道他整個一生是否不曾是個窮鬼。他曾告訴我一個理由，他說驅策他到那兒的是他不耐於相當的窮苦。」

「『……只要曾經聽他說過一次話的人，誰不是他的朋友呢？』她說。『他藉著人們本身所存有的精華而把他們吸引過來。』她強烈的表情注視著我。『那是偉人的天賦，』她繼續說，而她低沉的聲音似乎也附隨有我曾聽過的其他一切聲音，充滿了神祕、悲傷和哀愁——河流的漣漪，搖盪於風中的樹木颼颼聲，人群的喃喃，遠處喊叫著的不可理解而模糊的話語，從一處永恆黑暗門檻之外傳來的低語聲。『但你已經聽到他說話！你知道！』她叫著。」

「『是的，我知道，』我說，心中似乎感覺到一陣失望，但我在她的信心之前低首，在那發出奇異光輝，閃爍於黑暗中的偉大而救人的幻影之前低首，我不能保護她去抵抗那黑暗，那得意的黑暗——我甚至不能保衛自己去抵抗那黑暗。」

「『對我是怎樣的一樁損失啊——對我們！』」——她

以美妙的慷慨之情改正說，然後喃喃地補充說，『對這個世界。』藉著黃昏最後一線光輝，我可以看到她眼睛的閃光，眼睛飽含淚珠——飽含不會掉落的淚珠。」

「『我曾經很快樂——很幸運——很驕傲，』她繼續說。『太幸運了。短暫的太快樂。而現在我是太不快樂——永久地太不快樂。』」

「她站起來；她美麗的頭髮似乎在一閃金光中攫住了所有的殘暉。我也站了起來。」

「『而在所有的一切中，』她繼續哀傷地說，『在所有他的諾言中，所有他的偉大中，他慷慨的心腸中，他高貴的心靈中，沒留下什麼——沒有什麼，除了一個記憶。你和我——』」

「『我們會永遠記得他，』我匆促地說。」

「『不！』她叫著說。『這一切不可能都將消失——這樣一個生命竟會犧牲，而沒留下什麼——除了悲傷。你知道他有什麼龐大的計畫。我也知道那些計畫——我可能不了解——但其他的人知道。一定留下了什麼東西。至少他的話語還沒有死。』」

「『他的話語會留下來。』我說。」

「『還有他的典範，』她自己對自己低語著。『人們崇敬他——他的美德在每種行動裡閃耀。他的典範——』」

「『真的，』我說，『還有他的典範。是的，他的典範。我忘掉了。』」

「『但我沒忘掉。我不能——我不能相信——還不能。我不能相信我將永遠再也見不到他了，我不能相信沒人會再見到他，永不，永不，永不。』」

「她伸出她的手臂，好像在追隨著一個正在隱退的形體，把手臂伸展在黑暗中，蒼白的手緊握著，伸越過窗戶中那消退和微小的光澤。永不再看到他！我那時足夠清楚地看到他。只要我活著的話，我就會看到這個雄辯的精靈，而我也會看到她，一個悲劇而熟稔的『幽靈』，這種姿態就像另外一個也是悲劇的幽靈，並且具有無力的嫵媚，把赤裸的棕色手臂伸展在地獄河流，那黑暗之流的閃光上。她忽然很低聲地說，『如同我們活著一樣，他死了。』」

「『他的死亡，』我說，心中激動著惱人的憤怒，『在每一方面都值得的。』」

「『而那時我沒跟他在一起，』她喃喃。我的憤怒在一種無限同情的感覺之前消滅下去。」

「『每件能做到的事情——』我咕噥著。」

「『啊，但我比世界上任何人更相信他——比他自己的母親，比——他自己更相信他。他需要我！我！我將珍惜每聲嘆息，每句話語，每個跡象，每瞥眼光。』」

「我感到胸膛一陣寒冷的侵襲。『不要。』我以一種壓抑的聲音說。」

「『原諒我。我——我——已在沉默中哀傷這麼久的時間——在沉默中……你跟他在一起——一直到死嗎？

我想到他的孤獨。沒人接近他以便像我一樣了解他。可能沒人聽到……』

「『一直到斷氣，』我戰慄地說。『我聽到他臨終的話語……』我在驚恐中停下來。」

「『把那些話語再講一遍，』她以心碎的語調喃喃地說。『我要——我要——一種東西——一種東西——來——來——來跟我一起生活。』」

「我正要對著她叫出來，『你沒聽到嗎？』黃昏正在我們四周以一種堅持的低語重複這些話，那低語似乎威脅著要擴大，像一陣颶風的最初低語。『可怕的東西！可怕的東西！』」

「『告訴我他最後的一句話——以伴我一起生活，』她堅持說。『你不知道我愛他——我愛他——我愛他！』」

「我集中精神慢慢地說：——」

「『他最後說出的一個字是——你的名字。』」

「我聽到一聲輕輕的嘆息，然後我的心靜止了下來，我的心忽然被一種狂喜和可怕的叫聲所阻，被那種不可想像的勝利和不言可喻的痛苦叫聲所阻。『我知道——我確實知道！』……她知道。她確實知道。我聽到她在哭泣；她已把臉孔埋在手中。我想，房子在我未能逃跑前就會潰塌下來，天空會倒落在我的頭上。但結果卻沒發生什麼事。天空並不為這樣的小事倒塌。我不知道，假如我給予庫茲應得的正義，天會不會塌下來？他

不是說過他只要正義嗎？但我不能。我不能告訴她。那
會太黑暗——完全太黑暗……」

　　馬羅停了下來，離開我們坐著，顯得模糊而沉默，
姿態一如坐禪的佛。有一陣子沒人移動。「我們已失去
第一次退潮的機會，」指導員忽然說。我抬起頭，河面
被一陣黑色的雲峰所阻，而通到地球最末端的安靜水
路，陰沉地在一片黯鬱的天空下流動著——似乎通到一
處無限的黑暗的中心。

約瑟夫‧康拉德年表

1857 年　12 月 3 日誕生於波蘭，為獨生子。

1859 年　康拉德一家，遷居於 Zytomierz。父阿波羅
　　　　　（Apollo）參加文學團體。

1861 年　阿波羅隻身前往華沙，從事波蘭獨立運動。10
　　　　　月 21 日，為俄羅斯政府逮捕。

1862 年　阿波羅被判處徒刑六個月之後，又移送軍法審
　　　　　判，被處流刑，但准予攜眷同行。康拉德在莫
　　　　　斯科附近罹肺炎，僅就醫一次，被放逐到俄羅
　　　　　斯的 Vologada。此地極寒，一年中有九個月下
　　　　　雪，阿波羅手上無錢。唯一的接濟便是內兄
　　　　　Casimir 的匯款。

1865 年　4 月 18 日母親愛芙麗娜（Evelina）病歿於放逐
　　　　　地，年三十二。

1866 年　3 月，失了母親的康拉德，由父親將他送往
　　　　　Novofastov 的伯父家寄養，與堂妹 Josephine 等
　　　　　同遊。邂逅老愛國者 Prince Roman。

1867 年　秋，康拉德與祖母同住於 Jitomir。12 月，阿波
　　　　　羅與已死去的妻子一樣罹結核病，獲准附有條
　　　　　件的假釋。俄羅斯內政部准予轉至阿爾及爾或
　　　　　奧地利療養，但實際上他的體力已不容許他轉

地療養。

1868 年　1 月，康拉德父子，前往在奧國統治下的 Galicia 之 Lwow。

1869 年　2 月，與父親移居克拉科（Cracow），入學肄業。隨侍病中父親，繼續讀書生活。5 月 23 日，父阿波羅死。得伯父 Thaddeus 之照顧。父死之後不久，祖母帶同孤兒赴波希米亞（Bohemia）之瓦騰堡（Wartenberg），秋季開學，再回克拉科。繼父親之遺志，短期間在 Florianska Street 的 Mr. Louis Georgeon 的私立學校學習拉丁文及德文，俾將來得入正規學校。

1872 年　自此時開始，時時表示將來當船員的志向，使 Thaddeus 為之吃驚。

1873 年　與 Pulman 同往瑞士旅行。

1874 年　9 月，說服伯父 Thaddeus 獲准加入法國商船隊，回克拉科。10 月，在伯父、祖母送行下出發前往馬賽。

1875 年　5 月 23 日，向馬賽回航。6 月 25 日，在 Captain Duteil 率領下向西印度群島航行中，因風寄泊於勒・哈佛。康拉德循陸路經由巴黎回馬賽。

1877 年　2 月 15 日，回到馬賽。同年擬上英國船工作，為歸化英國問題與伯父磋商。

1878 年　4 月 24 日，上英國船 Mavis 號，向伊斯坦堡出發。7 月 11 日，上航行於 Lowestoft 與 Newcastle

間的沿岸易船。9月末，前往倫敦。10月12日，為帆船Duke of Sutherland號水手向雪梨出發。

1880年　1月30日，回倫敦。6月，二等航海士的考試及格。8月21日，上Loch Elive號再向雪梨出航（作為officer的第一次航海）。

1881年　4月，Loch Elive回航倫敦。同月25日，離開該船。9月19日，任老船長Beard手下，擔任航行曼谷的老朽送煤船Palesline號之二等航海士。9月21日，自倫敦啟碇。11月29日，自紐塞啟碇，因被強風吹走風帆，進Falmouth港修理。

1883年　3月11日，在爪哇灣煤炭起火，得Somerset號拖曳。14日，船員移入三艘小船，翌日離船，下午十時抵Muntok。3月22日，搭英國船Sissie號至新加坡。5月初，向利物浦航行。9月10日，為Riversdale號的二等航海士，向東洋出航。

1885年　4月24日，搭一千五百噸的Tilkhurst號自Hall至新加坡。雷奧波德二世（Leobold Ⅱ）為剛果獨立王國國王。

1886年　6月17日，在Dundee上Tilkhurst號前往倫敦。8月19日，俄羅斯帝國臣民Conrad，獲准歸化英國。11月11日，船員最終考試及格，取得船

長資格。

1888年　3月，任Otago號船長，向雪梨啟碇。5月，抵雪梨。8月7日，由雪梨出發。9月30日，抵模里西斯，與當時二十六歲的Eugénie Renouf邂逅。11月22日，抵墨爾缽，接獲死期已近的伯父Thaddeus急欲一晤的來信。

1889年　2月，由墨爾缽出帆，向阿德雷德航行（在此處又收到伯父近於遺書的信）。辭去船長職務，搭客輪回歐。

1891年　1月，回英國後赴布魯塞爾，遇Alexander Poradowski的遺孀Marguerite Poradowski。2月，為求職前往蘇格蘭。5月17日，為恢復健康赴日內瓦的Champel，逗留一個月，完成《阿爾麥耶的愚蠢》（*Almayer's Folly*）至第八章。

1894年　1月12日，搭Torrens號回倫敦。17日離船，回倫敦Gillingham Street的旅館。2月，伯父逝世。10月4日，接「作品錄取」通知（審查作品的是Edward Garnett）。稿費二十鎊。11月執筆《海島的逐客》（*An Outcast of the Islands*）。

1895年　4月29日，用Joseph Conrad為筆名，由Unwin社出版《阿爾麥耶的愚蠢》。9月，《海島的逐客》完稿。

1896年　3月24日，與Miss Jessie George結婚。因嘉奈

特（Garnett）之忠告，為使《救援者》（*The Rescue*）完成為通俗海洋故事，赴法國之 St. Malo，逗留於 Ilegrande。5 月，"The Lagoon" 完稿。

1897 年　2 月，《納西色斯號上的黑人》（*The Nigger of the "Narcissus"*）出版。

1898 年　1 月，長子 Alfred Borys 誕生。9 月，與嘉奈特夫婦同在 Surrey 之 Limpsfield 逗留，在那裡邂逅 Ford Madox Hueffer。10 月，從 Hueffer 處借得 Kent 之 Pent Farm，移住那裡。12 月執筆《救援者》Part Ⅰ－Ⅲ。

1899 年　12 月，《黑暗之心》（*Heart of Darkness*）。

1900 年　7 月，《吉姆爺》（*Lord Jim*）脫稿。

1901 年　1 月，《颱風》（*Typhoon*）完稿。5 月，"Falk" 完稿。6 月，"Amy Foster" 完稿。

1902 年　3 月，"Romance"完稿。10 月，"The End of The Tether"完稿。

1904 年　9 月，《諾斯屈洛莫》（*Nostromo*）完稿。

1905 年　夏，"The Brute"完稿。11 月，"Gaspar Ruiz"，"An Anarchist"完稿。12 月，"The Informer"完稿。

1906 年　2 月，逗留於南法。4 月，《海鏡》（*The Mirror of the Sea*）完稿。8 月，次子 John Alexander 誕生。9 月，《密使》（*The Secret Agent*）完稿。

12月，再在南法逗留。

1907年　1月，"The Due"完稿。9月，回國。是年底，
完成了"Il Conde"。

1908年　1月，《在西方人眼光下》(*Under Western Eyes*)
開始執筆。秋，《自述》(*A Personal Record*)
完稿。

1909年　11月，"The Secret Sharer"完稿。

1910年　1月，《在西方人眼光下》完稿。8月，《命運
的微笑》(*A Smile of Fortune*)完稿。夏，"The
Partner"及"Freya of the Seven Isles"完稿。

1911年　"Prince Roman"完稿。

1912年　3月;《機會》(*Chance*)完稿。是年初期，完成
了"The Inn of the Two Witches"及"Because of the
Dollars"。

1913年　秋，"The Planter of Malata"完稿。

1914年　6月，《勝利》(*Victory*)完稿。7月，攜眷訪
問奧領波蘭時，第一次世界大戰爆發。歸國困
難，至11月始得回英。

1915年　3月，"The Shadow Line"完稿。

1916年　年初，完成了"The Warrior's Soul"及"The
Tales"。9月，《金箭》(*The Arrow of Gold*)
開始執筆。

1918年　6月，《金箭》完稿。11月11日，第一次世界
大戰停戰。

1919年　3月，出 Capel House，在 Wyne 附近賃屋居住。5月，《救援者》（*The Rescue*，改題為 *The Rescuer*）完稿。10月，遷住肯特郡之 Bishopsbourne 之 Oswalds。

1920年　是時，欲歸祖國波蘭的心情益見堅決。

1921年　1月，遊科西嘉（Corsica），在那裡逗留至四月。

1922年　7月，《漂泊者》（*The Rover*）出版。

1923年　4月，往美國，6月回國。

1924年　8月3日晨，在 Oswalds 的自宅，因心臟病發作突然逝世。享年六十六。遺骨埋葬於坎特伯里（Canterbury）。

世界文學　12

INK PUBLISHING 黑暗之心　Heart of Darkness

作　　者	康拉德 Joseph Conrad
譯　　者	陳蒼多
總 編 輯	初安民
責任編輯	陳健瑜
美術編輯	黃昶憲
校　　對	吳美滿　李　文

發 行 人	張書銘
出　　版	INK印刻文學生活雜誌出版有限公司
	新北市中和區中正路800號13樓之3
電　　話	02-22281626
傳　　眞	02-22281598
e - m a i l	ink.book@msa.hinet.net
網　　址	舒讀網http://www.sudu.cc

法律顧問	漢廷法律事務所
	劉大正律師
總 經 銷	成陽出版股份有限公司
電　　話	03-3589000（代表號）
傳　　眞	03-3556521
郵政劃撥	19000691　成陽出版股份有限公司
印　　刷	海王印刷事業股份有限公司

港澳總經銷	泛華發行代理有限公司
地　　址	香港筲箕灣東旺道3號星島新聞集團大廈3樓
電　　話	852-27982220
傳　　眞	852-27965471
網　　址	www.gccd.com.hk

出版日期	2003年 1 月　　　初版
	2013年 6 月　　　二版
ISBN	978-986-5933-99-9

定　　價	160元
特　　價	120元

國家圖書館出版品預行編目資料

黑暗之心／康拉德　著；陳蒼多譯. 二版
－－新北市中和區：INK印刻文學，
2013.06　面 ；公分. --（世界文學；12）
譯自：*Heart of Darkness*
ISBN 978-986-5933-99-9（平裝）
873.57　　　　　　　　　　　102005460